O TESTAMENTO DO TROVADOR

James Cowan

O TESTAMENTO DO TROVADOR

Uma jornada mágica através da Provence
do século XII, à procura do poder
espiritual do amor perfeito

Tradução de
FABIANA COLASANTI
MARIA ANGELA VILLELA

Rocco

Rio de Janeiro – 2003

Título original
A TROUBADOUR'S TESTAMENT
A magical journey through twelfth-century Provence
in search of the spiritual power of perfect love

Mediante acordo da Shambhala Publications, Inc.,
PO. Box 308, Boston, MA 02117 – EUA

A ilustração reproduzida na guarda é um detalhe do manuscrito do século XIII
escrito pelo personagem histórico Marcabru. Reproduzido por
permissão da Pierpont Morgan Library, Nova York (M. 819, F269)

EDITORA ROCCO LTDA.
Rua Rodrigo Silva, 26 – 4º andar
20011-040 – Rio de Janeiro – RJ
Tel.: 2507-2000 – Fax: 2507-2244
rocco@rocco.com.br
www.rocco.com.br

Printed in Brazil/Impresso no Brasil

preparação de originais
AMANDA ORLANDO

CIP-Brasil. Catalogação-na-fonte.
Sindicato Nacional dos Editores de Livros, RJ.

C915t Cowan, James, 1942-
O testamento do trovador: uma jornada mágica através da Provence do século XII, à procura do poder espiritual do amor perfeito
/ James Cowan; tradução de Fabiana Colasanti e Maria Angela Villela. – Rio de Janeiro: Rocco, 2003.

Tradução de: A troubadour's testament: a magical journey through twelfth-century Provence in search of the spiritual power of perfect love
ISBN 85-325-1538-X

1. Manuscritos medievais – Provence (França) – Ficção. 2. Trovadores – Provence (França) – Ficção. 3. Ficção inglesa. I. Colasanti, Fabiana. II. Villela, Maria Angela. III. Título.

03-0241 CDD–823
CDU–821.111-3

Para Wolfgang e Gabriela

"Eu não cessava de repetir para mim mesmo que renunciar ao belo jogo de combinar belas palavras era sem sentido e que não havia razão alguma para procurar por uma única, e talvez imaginária, palavra."

JORGE LUIS BORGES

"A razão para escrever é apenas a de proteger alguma coisa da morte."

ANDRÉ GIDE

SUMÁRIO

O TESTAMENTO
DO TROVADOR

1

UM TELEFONEMA

TELEFONEMAS DEPOIS DO JANTAR muitas vezes trazem notícias graves mas, naquele caso, eu fui surpreendido. Meu amigo R., que trabalhou a vida inteira, de modo obsessivo, com a arquitetura medieval, ligou-me de seu último reduto no Sudoeste da França, desta vez para informar-me que descobrira algo muito incomum. Na pequena cidade de Ussel, caiu-lhe nas mãos um rolo da morte — *rouleau de mort* — no museu local, antiga Capela dos Penitentes.

— Um rolo da morte? — inquiri, ligeiramente entorpecido pelo vinho Bordeaux do jantar. — Ele pertence a alguém que eu supostamente conheça?

— Claro. Seu amigo Marcabru. O poeta do século XII que você estudou *ad nauseam* — acrescentou R., para quebrar meu ar casual. — Eu o encontrei em meio a uma pilha de papéis do museu.

Sentei-me na cadeira. Encontrar um manuscrito inédito

pertencente ao grande poeta trovador Marcabru, oito séculos depois de sua morte, era de fato um choque. O fato de o documento vir em forma de um rolo da morte fazia a descoberta ainda mais intrigante, pois esse tipo de rolo era mais comum entre sacerdotes e frades da Idade Média.

— Que provas você tem de que o rolo tenha pertencido a ele? — perguntei, temendo que fosse forjado. Sendo especialista em poesia francesa, principalmente nos trabalhos de François Villon, eu estava ciente da importância de tal descoberta, se fosse verdadeira. Como só se conhecia pouco mais do que quarenta poemas de Marcabru, qualquer novo achado contribuiria grandemente para o conhecimento daquele notável e iracundo poeta.

— O sabor, *mon vieux*. O gosto dos versos que aparecem na conclusão do rolo da morte. Ninguém mais além de Marcabru poderia criar linhas como aquelas — anunciou R., esperando desfazer minhas dúvidas.

Em seguida, começou a recitar ao telefone um número de versos sombrios e belos em Provençal Antigo — versos esses que eu imediatamente reconheci como sendo de Marcabru, tão exatos eram, tão austera era sua ressonância:

Per savi-l tenc ses doptanssa
Cel qui de mon chant devina
So que chascus motz declina,
Si cum la razos despleia,
Qu'ieu mezeis sui en erranssa
D'esclarzir parau l'escura.

Provido de grande sabedoria
Aquele que de meu canto adivinha

O que cada palavra significa,
Se com a razão considero
Que eu mesmo me confundo
Ao esclarecer das palavras a obscuridade.

— Você me deixou absolutamente sem palavras — murmurei.

— Poetas sabem como fazer isso conosco, não acha? — replicou R., sentindo a importância de sua descoberta. — Você deveria vir para cá o mais rápido possível. Estou certo de que outros pesquisadores correrão para dar uma olhada no rolo da morte, agora que sua presença é conhecida. De qualquer maneira, acredito que seu conteúdo seja inflamável e, sem a sua presença, ele pode explodir.

Então ele desligou.

Estudei a lírica dos trovadores medievais e aumentei meu respeito por sua visão imaculada, a alegria que eles conferiram à sua época. Eles ofereceram um presente nos tempos conturbados, quando a voz da liberdade estava sob o tacão da intolerância religiosa e da ascensão social. As pessoas tinham necessidade de ouvir esses poetas expressarem frases que ultrapassassem a vulgaridade da existência, frases mais sutis do que as do dogma ou do credo.

Marcabru compusera sua poesia no século XII, idade dos grandes mestres como Abelardo, Guilherme de Saint-Thierry e São Bernardo, o fundador do mosteiro de Cisternos. Era o tempo, também, da vida no castelo dar lugar à uma vida mais pródiga nas cidades. Desprovida de seu papel feudal de defensores das invasões bárbaras, a velha nobreza estava perdendo sua supremacia financeira e muito de sua força política para uma classe emergente de mercadores cuja riqueza já afetava a prosperidade das cidades como Toulouse, Montpellier e Marselha.

Como resultado desse declínio de importância, os nobres recorriam a uma vida de libertinagem. Para eles, o casamento passou a ser um contrato de negócio que assegurava o território ou a aliança familiar. Além disso, no sul da França, em uma região conhecida como Languedoc (a terra do sim), uma letargia espiritual tomou conta da Igreja e a heresia se espalhou por todos os cantos da vida. Tal confusão moral, no entanto, inevitavelmente despertou um desejo por um novo e distinto código de comportamento. O amor, que a felicidade atingia através da *jois*, era agora visto como um ideal almejado por toda a gente pensante da época.

Tradição, paciência e refinamento, tanto nas maneiras como no discurso, eram olhados como os principais ingredientes do comportamento cortês. *Jovens* — quer dizer, uma generosidade jovial de espírito — era também considerada importante para atingir o *pretz*, ou uma reputação de cortesia. As pessoas desejavam atingir o status de *valors*, a condição de moral inata, digna até de transcender a ética cristã. Também a moderação era considerada como um objetivo digno. Conhecida como mesura, era a habilidade de seguir o curso da ação mais adequado às demandas da convenção social e da cortesia, de modo a explorar os talentos, as aspirações e as qualidades do indivíduo.

Esses eram os ideais nobres que me seduziram em Marcabru, meu poeta. Eu pensei nele como "meu poeta" sabendo que sua recente adoção como meu guia havia me marcado. Ouvi sua lírica como fiz minha consciência: sua voz se tornou a voz interior à qual eu tinha, durante tanto tempo, recusado ouvir. A descoberta do rolo da morte era tão significativa para mim quanto a descoberta da Pedra de Rosetta deve ter sido para Jean-François Champollion, o homem que primeiro decifrou os hieróglifos egípcios. Ele e eu estávamos ligados ao mistério da linguagem como veículo de descoberta e crescimento.

Rolos da morte foram a forma popular de elogiar depois da morte indivíduos do século IX até o XV, na Europa. Normalmente escritos em latim, os rolos eram feitos de pergaminho e usados pelos membros de ordens religiosas para celebrar a morte recente de um abade ou outro clérigo bem-amado. Nas mãos de um frade errante, tal documento viajava pela região e era desenrolado em alguma mesa de refeitório para receber novas palavras. No decurso da jornada de mosteiro em mosteiro, muitos epitáfios piedosos, poemas, cogitações ou reminiscências pessoais podiam ser acrescentados criando posteriormente um retrato do falecido. Um rolo da morte era um documento final sobre a vida da pessoa escrito por aqueles que a conheciam melhor.

Como pôde tal documento escapar de ser detectado na Capela dos Penitentes por todos esses anos? Mais importante ainda, por que este rolo da morte estava em poder de Marcabru? À morte de quem ele era dedicado, afinal de contas? Estas eram as perguntas que me vieram imediatamente à mente. Eu era suficientemente investigativo para saber que estava na pista de algo importante. Se um dos maiores poetas de sua era escolhera fazer uma jornada penitencial em memória de um amigo, então quaisquer informações que aquele documento contivesse sobre o falecido poderiam espalhar mais luz sobre a vida de Marcabru, que até então permanecia um mistério.

O telefonema de R. abriu uma porta para mim. Marcabru estava chamando, através do tempo e através da nebulosa manhã da morte. Ele demandava minha presença, em meio à esgotada e devastada lava torrente do Dordogne, tão pesada com a memória das antigas explosões. Ele não estava morto, afinal de contas, mas meramente repousando em algum subterrâneo de museu, uma vítima da negligência. Aquele mestre do *entiers cuidars* (pensamento integrado), que entendera a natureza e as mentiras além dela como um guia, penetrou em mim desde o princípio. Eu era seu discípulo e podia recitar suas palavras como se fossem minhas.

Mais do que qualquer outra coisa, a existência de um manuscrito inédito associado à vida do poeta estimulou-me mais do que eu estava preparado para admitir. Eu me tornei consciente de uma certa lassidão em meu próprio comportamento vagaroso, uma condição que eu aceitava relutantemente como sendo parte do fato de eu estar envelhecendo. Todavia, algo dentro de mim ainda queria alcançar o poeta como uma pessoa que vivera a vida mais intensamente, que vira as coisas mais claramente e que estivera preparado para arriscar qualquer coisa para atingir seu objetivo. Esses valores eu ainda admirava secretamente, mesmo que tivesse sido forçado a abandoná-los em minha própria vida.

Enchendo meu copo com o vinho do poeta, resolvi então resgatar seu testamento final do anonimato. Sabendo que teria algumas semanas antes de ser chamado para completar minha monografia sobre a poesia de Villon, que ia ser publicada, senti que podia ser possível gastar algum tempo para investigar a veracidade da descoberta de R. por mim mesmo. Foi nesse momento, tarde da noite, que a seiva das palavras de Marcabru umedeceu meus lábios:

Qe scienza jauzionda
M'apres c'al soleilh declin
Laus lo jorn, e l'ost'al matin,
Et a qec fol non responda
Ni contra musart no mus.

O conhecimento que me faz regozijar
Ensina-me a prezar cada dia no crepúsculo
E a me recolher até a aurora e não responder
A cada louco que encontro,
Nem abrir a boca para o estúpido.

2

CONFERÊNCIA DOS PÁSSAROS

PASSANDO POR LONDRES A CAMINHO de Dover, vindo de meu chalé em Hampshire, parei para ver um velho amigo, Horace Winterton, cujo conhecimento da história francesa era profundo e, por ocasiões, pedante. Ele era, por exemplo, da opinião de que a arte ocidental começou com os pintores de afresco catalães do norte da Espanha e culminou com a procissão do Duccio de *Maesta* através das ruas de Siena para um público adorador em 1308. Ele era inflexível quanto à afirmação de que qualquer evento posterior a isso representava o declínio para o secularismo. Isto era algo que ele não podia tolerar — uma arte maculada pelo conceito popular.

Alemão de nascimento, Horace havia mudado seu nome Hermann Wintergarten antes da guerra estourar. Ele o fez, suspeito eu, para prevenir qualquer angústia que pudesse sofrer no caso de uma derrota de seu país. Adivinhações eram uma de suas grandes forças, como o era seu desejo de anonimato. Quando ele falava, era sempre com a voz que transmitia sua inerente inquietação.

Nós nos encontramos num brilhante dia de verão em um *pub* em Kew, no rio Tâmisa. No ancoradouro abaixo havia sete cisnes, com seus longos pescoços graciosamente alcançando suas costas, parecendo um grupo de senhores mergulhados em uma discussão de assuntos importantes.

— Ah, parece que os sete sábios de Platão vieram juntar-se a nós — Horace fez notar logo que começamos a bebericar o nosso primeiro caneco de cerveja.

— Mesmo entre pássaros, a discussão é por vezes de suma relevância — disse eu —, assim como entre filósofos.

— Como sabemos, trovadores eram descobridores — Horace pensou alto, em comunhão com os cisnes. — A palavra *trobador* é derivada do verbo *trobar*, que em francês moderno deu-nos o verbo *trouver*, 'encontrar'. Isso faz do trovador um compositor de novas melodias. Ele viaja por regiões que poucos de nós têm o privilégio de visitar.

— Ou a ousadia — acrescentei.

— Sua espécie não mais existe hoje em dia. Imagine um bando de poetas flanando pelas estradas da Inglaterra, compondo versos que não somente acelerassem os corações de quaisquer amantes com amor-próprio, como os inspirassem a procurar também a sabedoria.

— Não nesses tempos — especulei. — Anarquismo moral seria mais apropriado.

— Esta é a linguagem do nosso tempo. Caro amigo, abandone tal tentação para interpretar. Homens como Marcabru veneravam a Virgem e estendiam sua reverência a todas as mulheres. O culto da adoração da fêmea encontra sua origem na veneração da deusa. Maria ou Afrodite, não importa. Esses poetas reconheciam uma importante verdade por trás do físico: este desejo, sob a influência da devoção platônica, é capaz de transformar amor em arte...

— O que nós conhecemos hoje como as famosas Leis do Amor.

— Vamos considerar a patologia de tal emoção. O primeiro efeito do amor é produzir uma exaltação mental, um desejo de levar uma vida digna do ser amado. Trovadores se referem a isso como *joi d'amor*. Outras virtudes são produzidas sob a influência de tal emoção. Eu presumo que quem amou, experimentou a alegria de agradar ao outro. E também o sentimento de autocontenção que sucede a encontros tão excitantes.

Parecia que a França Medieval perdera sua habilidade de amar. Guerras demais, cruzadas demais para a Terra Santa, muitas ligações entre reis e rainhas ambiciosos deixaram a terra praticamente estéril. As pessoas ansiavam para que a virtude reinasse de novo. Elas queriam ouvir a voz da razão e da honradez ecoar pela terra, mesmo que fosse apenas pelos lábios dos poetas.

— Se eu puder, gostaria de pedir-lhe um favor quando você chegar às agradáveis terras de Languedoc.

— Faça seu pedido, Horace — convidei.

— Invista sua pesquisa com uma compaixão que se estenda além da compreensão normal. Pode ser que Marcabru quisesse que seu rolo da morte permanecesse em segredo. Talvez haja coisas nele que ele não gostaria que viessem à luz, pelo menos enquanto estava vivo.

— Você está sugerindo que ele pode ter desejado esconder seu conteúdo do mundo?

— Você está tentando interpretar seus motivos de novo.

Vamos supor que Marcabru, um homem de tonalidades complexas e obscuras em todas as suas expressões, tivesse algo importante a dizer, mas *para um outro tempo*. Esse tempo pode bem ser agora.

— Por dedução, portanto, ele teria medo de ser mal entendido em sua própria época.

— Não eram todos loucos, charadistas e profetas?

Entrementes, os cisnes no ancoradouro começaram a se dispersar. Recurvando seus pescoços, eles cambalearam até a beira d'água e começaram a nadar para o meio do rio. Sem me dar conta, fiquei absorvido por seus movimentos quando abriram suas asas e agitaram a superfície. Seu simpósio, ao que parece, havia terminado.

3

A TERRA DO SIM

HORACE ERA UM EXCELENTE informante a respeito da vida do século XII na região agora chamada de Aquitânia. Junto com alguns outros poetas importantes, Marcabru compôs líricas durante o reino de Eleanor, a filha do duque Guilherme de Aquitânia, que é considerado como o primeiro dos trovadores. Os escritos do duque Guilherme encerravam um novo espírito de cavalaria e individualismo, por vezes blasfemo, erótico, amoral e sensível. Grande cruzado, ele é conhecido por ter pintado o retrato de sua amante em seu escudo, considerando ser sua missão carregá-la na batalha assim como ela o carregava para o leito.

Eleanor, de sua parte, a despeito de dois casamentos desastrosos e das numerosas intrigas contra seus maridos, Henrique II da Inglaterra e Luís VII da França, tornou-se uma grande patrona das artes. De acordo com Horace, ela presidiu a elevação do amor a um novo nível de sensibilidade.

Ele era conhecido então como *fin' amors*, um amor distante, e podia ser alcançado somente pela renúncia do imediato, do próximo e do falso que caracterizava as relações comuns entre homens e mulheres. O ideal profano de felicidade governado pelos sentidos foi transformado em uma forma mais refinada de amor dominado pela imaginação. O amor sensual foi superado pela razão. O anseio por uma dama harmonizado por uma memória bela e resplandecente era o que os trovadores tentavam celebrar com sua poesia.

Horace insistiu que esta nova sensibilidade, conhecida como *gai saber* (ciência feliz), havia sido inspirada pelos sentimentos de derrota e desespero entre a aristocracia.

— As pessoas estavam cansadas da venalidade — disse ele. — Elas queriam algo mais, uma possibilidade imaginativa que somente a poesia poderia dar. Para os poetas, que refletiam tal turbilhão em seus versos, a absoluta submissão ao amor, ao *Amors*, era considerada como única via para a felicidade.

— Sem dúvida, um caminho árduo.

— Mas digno do risco. Arnaut Daniel, o menestrel do Périgord, disse isso mais adequadamente. — E Horace recitou algumas poucas palavras:

qu' Amors mi cuebr'e.m cela
e.m fai tenir ma valor
e.m capdela

O amor vence em astúcia e me abriga
Faz fiel a minha virtude,
E gentilmente age como meu guia.

— O amor, parece-me, começa a substituir o cavalheirismo como código de comportamento — sugeri.

— De que outro modo se poderia suportar uma era em que um sorriso era reduzido a uma expressão gelada de falsidade?

— As pessoas eram tão infelizes assim?

— A Igreja estava em declínio, a heresia maniqueísta, como a praticada pelos cátaros estava em alta, o dualismo estava no ar. A velha ordem desmoronava. É estranho como as restrições do intelecto podem ter um efeito tão devastador. Homens do Norte, a pedido do rei da França, estavam se unindo para destruir as aldeias heréticas e as cidades do Sul. Grandes clérigos como São Bernardo e São Domingos estavam na vanguarda desta campanha em direção à ortodoxia, exortando e lisonjeando onde quer que fossem. Esta heresia sulina causou ondas de choque no mundo cristão, pois sugeria uma liberdade de pensamento antagônica aos preceitos da Igreja.

— As pessoas, suponho, não estavam preparadas para praticar a genuína liberdade de pensamento — ao menos não durante a era das cruzadas.

— A cultura tornou-se monolítica — continuou Horace —, a Igreja e os seus membros, homens bons como Pedro Abelardo e Duns Scotus, relutantes em aceitar que essas pessoas sempre se deleitariam com a pluralidade dos pontos de vista. Teólogos e clérigos estavam obcecados com um ideal de unidade de crença extensivo a todo o mundo cristão. Eles simplesmente recusavam a aceitar que a vida secular devesse ter algo para oferecer. Não espanta que a poesia começasse a florescer nesses tempos conturbados.

A poesia, capturada nesse turbilhão político da França

de oitocentos anos atrás, trilhava um caminho estreito entre a beleza e a vagabundagem enquanto tentava restaurar os melhores instintos das pessoas. A celebração do amor tornou-se para muitos a inspiração que necessitavam para libertar-se de uma vida de costumes mundanos. Tal celebração inspirou claramente a poesia de Marcabru.

— Eu meio que o invejo — admitiu Horace. — No rolo da morte de Marcabru você tem, nas pontas dos dedos, as reflexões de todos aqueles sobre a morte de um deles. Será como um olho mágico no interior de suas tristezas. Mas pode ser, porém, como um farfalhar de folhas de amieiro ao cair da noite, sugerindo algo invisível, fazendo com que sua presença fosse sentida.

— Tenho algum receio a este respeito — admiti.

— O medo faz parte da morte. Cabe a você escolher distanciar-se do sofrimento deles ou abraçá-la como um amigo.

E assim nos despedimos.

4

O ROLO DA MORTE

MARCABRU CLARAMENTE VIVERA em tempos inspirados por regozijo e desespero, moldando seus poemas com o material bruto do amor. Sobreviver era simples: entrar na masmorra da palavra, aceitar suas restrições e voar como um pássaro através de suas barras. Alcançar os galhos mais altos da imaginação era o único modo de escapar. Lá, ele argumentava, a liberdade floresce em um ramo.

Eu estava ansioso aguardando o meu primeiro encontro com o rolo da morte na manhã seguinte. Em Ussel, naquela noite, o sino da igreja parecia dobrar em celebração à minha chegada. R. deixara gentilmente um recado para mim no lobby do hotel, desejando-me boa sorte e pedindo para desculpá-lo por sua partida prematura. Parecia que as ruínas dos arredores do castelo em Ventadour, pedras antigas e sereias o teriam, cada uma delas, seduzido para longe com seu canto.

Olhei as luzes da ponte sobre o riacho pela janela e me lembrei de algumas palavras de Marcabru que eu tinha lido: "O mundo dos homens é como um grande pomar com arbustos, árvores e enxertos sólidos. Quando as folhas caem e eles florescem, são como macieiras. No entanto, quando frutificam ficam como o amieiro e o salgueiro: pródigos de promessas mas com dificuldades para mantê-las."

Isso era típico de sua visão intransigente. Claro que eu concordava com o poeta. Como ele, eu me perguntara com freqüência por que a idéia de compostura, da prática de restrições físicas, não era mais considerada importante. Obviamente Marcabru fizera as pazes com sua própria natureza, de outra forma ele não associaria a si mesmo com o amieiro e o salgueiro. Se, como as árvores, nós nos encontramos desgalhados ou mortos, a quem culpar? Marcabru insinuara que havia um lenhador em nós mesmos incumbido de lutar com a nossa natureza.

Quem era este homem? De acordo com Horace, os fatos são poucos, mas frutíferos. Nascido na Gasconha, filho de uma pobre mulher que fora amada e depois abandonada, Marcabru foi deixado na porta de Lord Aldric del Vilar, que decidiu abrigar a criança em sua casa e deixar com que ele se criasse por conta própria. Enjeitado, uma criança concebida em meio a uma paixão destroçada e mais tarde amparado por um aristocrata, Marcabru movia-se entre dois mundos: a sarjeta e a corte.

A linguagem, parece, era a única ponte ligando esses dois mundos. Forçado ao limite pela necessidade de chegar a um entendimento com a sua vida, ele escolhe o poema como sua fortaleza. Marcabru projetou a si mesmo em diversos níveis, os da eloqüência e, em certas ocasiões, os da raiva, quando escolhia ir contra a hipocrisia de seu tempo. Eu não poderia culpá-lo por isto.

Ussel era uma cidade medieval com torreões e brasões de armas entalhados acima dos portões. Pela manhã, andei por suas ruas de paralelepípedos até a Capela dos Penitentes, onde o rolo da morte estava guardado, fazendo força para não correr. Poucas pessoas estavam sentadas nos cafés das esquinas, tomando o desjejum e lendo jornais. Tentei dar a impressão de ser uma folha de louro que passava, calmo mas cheio de vigor, paciente e alerta. Essas eram as qualidades que sentia que precisaria para a tarefa que tinha pela frente.

— Ah, o senhor veio — saudou-me o *chef de musée* quando entrei.

— O senhor estava à minha espera? — perguntei.

— Mas é claro. Seu amigo avisou-me de sua chegada iminente. O senhor está interessado no *rouleau de mort* de Marcabru.

— Um pedido inusitado, eu sei.

— Nesses tempos, poucos estão interessados nas divagações de um poeta.

Juntos entramos na parte principal do prédio. Trajes de cota de malha e armaduras, alabardas, espadas de dois punhos e flâmulas heráldicas pendiam do teto e atravancavam o largo corredor. Passamos à biblioteca, que estava sobrecarregada de volumes adornados a ouro, e a atravessamos em direção a uma mesa onde um rolo de pergaminho jazia sobre uma moldura de madeira polida.

— Aqui está, *monsieur*. O objeto de sua pesquisa — anunciou o *chef de musée*.

O homem desenrolou o frágil documento, manchado por água. O pergaminho quase quebradiço revelou seu conteúdo. As primeiras palavras levantaram-se da página como borboletas, trêmulas e irresolutas, pronunciando sua solene invocação: *Honorabiliter venerandis ac venerabiliter honorandis* (pela honra de homens veneráveis e pela veneração de homens com honra). Essas eram as primeiras palavras dedicadas a alguém que morrera há tantos anos, alguém querido por Marcabru. Eu mal ousei tocar o pergaminho danificado.

— Veja essas manchas de água. — O *chef de musée* apontou as marcas no pergaminho. — Elas foram causadas por um estranho incidente. Há uma lenda que diz que o *rouleau de mort* foi achado por um pastor no rio de Ussel, enquanto ele procurava animais desgarrados. Era uma fria manhã de inverno em 1196. O que ele encontrou às margens da água foi uma paisagem gelada, azul e luminosa. O rio havia congelado, fazendo com que alguns galhos se projetassem para fora como espinhos. Então ele notou algo estranho sobressaindo por baixo do gelo. Não exatamente brilhante, mas reluzindo suavemente como se algo estivesse queimando sob a superfície. Ele quebrou o gelo com seu cajado. Lá, aninhado entre aqueles cristais de gelo, estava o rolo da morte que o senhor vê aqui. Ele tinha se tornado um objeto congelado.

— O pergaminho pode ter sido jogado no rio — perguntei — e o gelo, de algum modo, o ter preservado da deterioração?

— Marcabru, ao que parece, escolhera entregar o destino do pergaminho às águas. Por qual razão, não sabemos.

— Possivelmente ele atirou-o da ponte que eu vi pela janela do hotel.

— Esta pergunta, *monsieur*, está acima de minha capacidade de responder. Por que o poeta descartou o que claramente se mostra como um documento emocional, é difícil de entender. Mas talvez, e esta é a única suposição de minha parte, ele desejasse transcender a razão.

— O senhor está sugerindo uma traição, um impulso, um momento de loucura?

— Eu não estou sugerindo nada. Um *rouleau de mort* é a extensão de um ato de meditação — sobre a morte e todas as coisas que a acompanham. Quando um homem escolhe vagar pelas estradas desta região tão particular e paradoxal em busca das memórias de outra pessoa, mergulha num tema que vai além da razão. Está pedindo que alguém comente a ausência do outro. Para um poeta, este é um terreno natural. Mesmo que chegue um momento em que ele próprio recue. Simplesmente deseja esquecer.

Os comentários do *chef de musée* chocaram-me. Chega-se a um ponto que mesmo o mais corajoso dos homens sente medo ou até mesmo pavor. Para tal homem, sua sabedoria, a única preservação de sua razão, pode sucumbir. Ainda assim, por que Marcabru teria recuado? Eu estava confuso.

— Grande parte do documento está em latim. Por acaso o senhor fala esta língua? — perguntou-me o *chef de musée*.

— Estou um pouco enferrujado — confessei.

— O senhor está com sorte, pois a tradução começou a ser feita por um estudioso de latim aqui da cidade. Ele já lecionou na Universidade de Toulouse. Ele tem dedicado seus últimos anos à tradução deste documento. Segundo o último relatório, ele já está quase terminando.

— Ele prestou um grande serviço para todos nós — comentei.

— Para ele o latim não é uma língua morta, apenas uma língua antiga que resolveu tirar um cochilo.

A idéia de que a língua tivesse adormecido evocou vastos

dormitórios de palavras, todas roncando. Eu as podia ouvir, agora: assírio, sânscrito, egípcio, as numerosas línguas dos índios das planícies, verbos neandertais conservados, exércitos de adjetivos que pertenceram um dia aos mongóis — todos sonhados. Parecia que o estudioso era um filólogo amador, traduzindo pacientemente os restos dos pensamentos humanos, numa tentativa de ressuscitar uma consciência adormecida.

— *Monsieur* — o *chef de musée* despertou-me de meus pensamentos. — Eu sugiro que o senhor faça uma visita a este homem. Fale com ele. Ele mora na única casa com torreões da praça Joffre. Não vai ser difícil achar.

— O senhor tem certeza que ele me receberá?

— Por que não? Vocês estão ligados pelas palavras perdidas.

O *chef de musée* enrolou o pergaminho e deixou a sala.

5

UM AMOR DISTANTE

O QUE MARCABRU ESPERAVA ganhar jogando seu pergaminho no rio? Andando pelo meio da ponte de Ussel, olhei para o fio sedoso de água fluindo através dos campos distantes. Tentei imaginá-lo em pé, aqui, na noite de inverno de 1196, seus dedos afrouxando em torno do documento. Então, resvalando de leve na corrente gelada, o pergaminho desaparecera.

Essas ruminações foram de pouca ajuda. Talvez o estudioso de latim, herdeiro de uma língua antiga e completa, pudesse apontar-me a direção certa. Eu não tinha nada a perder visitando-o.

Como o *chef de musée* me avisara, sua casa era a única residência com torreões, nos arredores da praça Joffre. A construção lembrou-me uma casquinha de sorvete de cabeça para baixo. Em uma placa de latão acima da porta havia uma frase em latim, de Sêneca. Após alguns instantes, consegui fazer uma tradução tosca: "Vive de acordo com tua própria natureza."

"Em vez disso, empurramos uns aos outros para os vícios" — murmurei, lembrando as palavras seguintes de Sêneca.

Ao abrir a porta, o estudioso do latim espiou por cima dos óculos quando me apresentei e expliquei a razão de minha visita. Grisalho e meio curvado, ele ouviu pacientemente e, em seguida, convidou-me a entrar. A voz do homem irradiava a rica sonoridade dos leitores da Bíblia. Somente depois de termos entrado em sua sala de estudos, percebi que ele tinha somente uma das mãos. A outra havia sido substituída por um gancho.

— Infelizmente a perdi durante a última guerra — explicou ele, percebendo meu constrangimento. — Nunca fui muito competente em instalar minas.

— Presumo que o senhor tenha sido membro da Resistência francesa durante a ocupação alemã.

O estudioso assentiu.

— Esses meus cinco dedos há muito deram seu último suspiro. Agora este ferro curvo imune à dor, sofre todo abuso que eu possa imputar. Tenho muito apreço por sua lealdade e inesgotável resistência. Ele me serviu sem reclamações por todos esses anos. Como a língua, sua destreza — ou devo dizer sua utilidade? — tem se aperfeiçoado com o uso. Eu quase não noto mais a sua existência. Mas basta desse assunto. O senhor está interessado na minha tradução parcial do rolo da morte de Marcabru. Que estranha necessidade — acrescentou o estudioso.

— Não tão estranha, pois o senhor o aprecia também — sugeri.

— É porque minha vida foi dedicada a recuperar meios

de comunicação ultrapassados. Pode chamar-me de mecânico lingüista! Tento aprofundar-me em pensamentos antigos na esperança de descobrir suscetibilidades adormecidas. Como o senhor sabe, por baixo do capô de uma língua sempre existe um motor aguardando para voltar a roncar pela vida. Hilariante! Toda a minha precaução como estudioso é testada por tais reservas de vitalidade que repousam em meio ao maquinário das palavras descartadas. O que procuro na língua escolhida por mim para estudo é a personalidade daqueles que primeiro ajudaram a formulá-la.

— Homens como Virgílio, Ovídio, Horácio e até Tomás de Aquino — sugeri.

— A sensibilidade desses homens permeia o latim até o ponto de eu poder ouvi-los sussurrando para mim, tarde da noite, sempre que decido abrir um livro e permitir que as palavras surjam em meus lábios.

O estudioso cortava o ar com o gancho enquanto falava.

— Por que Marcabru? — inquiri. — Apesar de grande parte de seu rolo da morte ser em latim, ele escrevia em provençal.

— Pela única razão que suas palavras brotaram do latim. E pelo fato de sua língua ter derivado da de homens como Virgílio e Marcial. Ele é o eco eterno.

Obviamente o estudioso ascendera a um mundo soberbo no qual seus pensamentos e sonhos tinham alcançado uma existência obrigatória através da ausência dos outros — esses poetas e pensadores do passado, há muito tempo mortos. Eles eram reais para ele, tão reais como se estivessem conversando com ele em uma tertúlia. Através do prisma da língua ele recriara um arco-íris de expressões soberbas desconhecidas para nós outros, posto que ele fizera a língua atemporal.

— Estou um pouco perdido — vi-me confessando. — Desde que ouvi falar sobre o rolo da morte de Marcabru eu quis saber mais sobre a razão de ele agir como seu mensageiro. O que provocou um dos maiores poetas de sua era a embarcar em uma jornada em memória de alguém? Quem era esta outra pessoa? Parece-me que o rolo da morte compromete sua reputação, ao nos alertar para a possibilidade de ele não conseguir achar suas próprias palavras para expressar o que sentia. Se um poeta não pode expressar sua dor, então que esperança há para nós expressarmos nossas emoções mais profundas?

— Minha resposta a essa sua questão pode somente tomar o caminho da analogia — replicou o estudioso. — Considere o silêncio de Marcabru como o de um cavaleiro que tivesse recém-chegado da Terra Santa, depois de lutar contra a intransigência de crenças opostas: muçulmanos contra cristãos, a velha luta entre a Trindade e Alá. Tais conflitos dificultam seu entendimento da natureza da verdade e então ele começa a duvidar de sua própria capacidade de crer. A fé é quebrada. Ele anseia por um tempo em que não se faça perguntas. Nesse momento ele perde sua capacidade de discernimento, para articular o que era essencialmente uma mentira. Ele fica sem palavras, posto que todas as verdades ruíram.

— A dúvida o consumiu e por isso sua capacidade de afirmar lhe é tirada — arrisquei.

— Para um poeta, toda a existência vem da afirmação. É possível que Marcabru, por ter perdido a fé, precisasse questionar a fé dos outros a fim de recuperar a sua própria.

— Através da morte de alguém, talvez.

O estudioso sorriu, melancolicamente, meio para mim, meio para alguma recordação sua.

— A pessoa a quem você alude — diz ele — era ninguém menos do que uma dama, Amedée de Jois, seu *fin' amors*. Ela era a filha de um aristocrata e também era uma religiosa.

— Uma freira?

— Assim parece.

Aquilo me pegou de surpresa. Eu presumira que o objeto do rolo da morte fosse um poeta companheiro ou algum membro de sua família adotiva. Mas obviamente era natural que fosse uma mulher, visto ser comum entre os trovadores encontrar inspiração num amor platônico personificado pela esposa de um nobre. O que parecia estranho no caso de Marcabru era ele ter dirigido seus sentimentos para alguém que, em teoria, estava ainda mais inacessível: uma noiva da Igreja. Como poderia ele expressar seus sentimentos através de um amor tão impossível?

— Então ele viajou pelos campos, visitando sempre os mosteiros e eremitérios, na esperança que outros pudessem jogar alguma luz naquilo que estava tão distante para ele — sugeri.

— Ao que parece, Marcabru escolhera adorar uma encarnação de um ideal em Amedée de Jois.

— Tanto quanto Dante fez através de Beatriz.

— Sua tarefa, *monsieur*, será investigar as fontes desse documento a fim de descobrir por que ele o jogou no riacho e por que, depois disso, desapareceu das páginas da história. Não sabemos nada de seus últimos anos. O verdadeiro mistério de Marcabru repousa na forma como ele descartou seu amor, sua persona e sua presença na ponte naquela noite de inverno. Até onde sabemos, ele assombrará Ussel como um fantasma, atormentando pessoas como o senhor e eu. Ansiamos por saber o que constituiu sua essência, não como personagem histórico, apesar disto ser também interessante, mas como uma expressão de linguagem. O senhor vê, ele se movia no campo da palavra. Este era seu país, seu domínio. Seu silêncio sobre o assunto é nosso desespero.

— Para tal fim, *monsieur*, gostaria de lhe dar todo o trabalho a respeito do rolo da morte que já executei até agora. Em suas mãos há uma chance de que o senhor descubra informações que não sou capaz de descobrir. Sofri muito para traduzir esse documento, investindo muitos anos em conjugações em latim e verbos provençais obscuros. Agora entendo o porquê. Sendo estrangeiro como é e um homem com o distanciamento a seu favor, o senhor é o único que tem a possibilidade de desvendar este mistério com isenção. Temo estar muito próximo. A solidão desse torreão aprisionou-me na memória de Marcabru e nos pensamentos de seus amigos. Deixe os outros — aqueles que encontramos pelo caminho — iluminarem as passagens mais obscuras do texto e, então, revelar o verdadeiro Marcabru. Eu passei a aceitar que todos nós só podemos possuir uma parte do mistério, nada mais.

Meu anfitrião tirou da escrivaninha um rolo de papel que havia sido feito com extraordinária semelhança ao rolo da morte que eu vira na Capela dos Penitentes.

— Fique com isso, meu amigo — disse ele, oferecendo-me o documento. — O que o senhor tem aqui é apenas o início de uma jornada, o primeiro marco.

Eu agradeci. Minhas mãos tremiam por antecipação quando eu segurei a tradução do rolo da morte de Marcabru. Afinal, ali estava a cópia das memórias de todos aqueles que falaram com ele, agora tão cuidadosamente reunidas e registradas. Marcabru, meu irmão, estendera-me as mãos.

6

A CONFISSÃO DE UM CLÉRIGO

O PRECIOSO DOCUMENTO ESTAVA em meu poder, afinal. Tive uma sensação de regozijo, quase de vitória, ao saber que o rolo da morte de Marcabru estava pousado diante de mim em uma mesa perto da janela que sobraçava a ponte de Ussel. Era como se o rolo tivesse se levantado das águas.

Primeiramente, não fiz nenhuma tentativa de ler seu conteúdo. Preferi, em vez disso, imaginar os movimentos de Marcabru naquela noite de inverno. Teria ele bebido demais em alguma taverna? Teria sido a ferida provocada pela morte de Amedée profunda demais para ser estancada? Teria ele se arrependido por não estar a seu lado no momento de sua morte? Perguntas cruzavam de um lado para o outro como a procura de algo com um sabor especial.

Marcabru passara sua vida confrontando o grande desafio da humanidade: como encontrar uma maneira mais aceitável de escolher entre a "forma integral" e a "forma fragmentada", um tema muito explorado em vários de seus poemas. "Confrontando essas diferentes maneiras de pensar", me lembrei dele dizendo em uma de suas declarações, "estou profundamente preocupado em separar a forma fragmentada da forma integral. Creio ser o homem, através de Deus, uno com a natureza, a qual pode ser o guia para discriminar os vários modos de pensar."

Ali estava um homem devotado à tarefa de discernir, a ponto de, com freqüência, muitos considerassem seu trabalho confuso. Um de seus contemporâneos, o poeta Peire d'Alvarnhe, sugeriu que algumas pessoas consideravam Marcabru como estúpido pelo fato dele não entender sua própria natureza, nem a razão de ter nascido. Apesar disso, sua *dreitura*, ou integridade, fascinara Peire tanto quanto a mim mesmo. Marcabru era consciente de que sua tentativa para alcançar uma forma natural de composição em seus poemas, freqüentemente o expunha à troça de seus companheiros trovadores. Confessou em um de seus poemas:

"Buscando a arte da composição natural
Carrego a pedra, o pavio, a espada,
Enquanto poetas menores, marimbondos sem cérebro, todos eles,
Transformam minha canção em um bocejo e a tornam ridícula."

Ele estava sozinho na estrada. Fosse por escolha ou por qualquer outro motivo, Marcabru fora forçado a viajar por ela por quase toda a vida. Talvez, como enjeitado e aristocrata contrafeito, não tenha tido outra alternativa senão embarcar na carreira de trovador, desde que a legitimidade de seu nascimento lhe fora negada. Na poesia, na suprema legitimidade da palavra, ele encontrou abrigo das farpas da rejeição.

Contemplando a ponte lá embaixo, senti que em Marcabru um novo espírito encontrara sua morada; um espírito que solicitou que ele explorasse através da linguagem as profundezas e o alcance de seus sentimentos, por mais truculentos ou mórbidos que eles pudessem se mostrar. Não que esses sentimentos tivessem se materializado em palavras; ao contrário, a intensidade de sua experiência era tal que, apenas em palavras, seus sentimentos podiam ter energia, e vida, fora dele próprio.

Marcabru tornou-se o patrono do *trobar clus*, ou estilo "fechado" de escrita. Isso acarretou a intercessão de mais de um nível de significado dentro de um poema e a revelação gradual, para o ouvinte observador, de que havia um tesouro escondido sob a superfície. Era um estilo de poesia que insinuava a existência de uma certa verdade moral. Vários trovadores, no entanto, desdenhavam o uso desta técnica, defendendo, ao contrário, um estilo mais claro que repousasse na simples beleza da superfície do poema.

Para Marcabru, escrever no estilo *trobar clus* limitava severamente sua audiência. Aqueles que consideravam a poesia nada mais do que um entretenimento cortês ficavam muitas vezes perturbados pelo significado de seu verso. Seus poemas poderiam levar ouvintes desatentos a um emaranhado de significados morais do qual eles não eram capazes de se desembaraçar. Nem Marcabru estava tampouco disposto a poupá-los de tais julgamentos. Para aqueles que estivessem prontos a encarar o desafio, Marcabru desejava que seu trabalho fosse encarado como algo de concreto, como uma ponte que pudessem atravessar. Se eles escolhessem pular dela antes de atingir o outro lado, era problema deles. "Nossa cidadela não pode cair ante o assalto da má poesia", era como ele colocava a questão, adaptando um verso de seu amado Boécio.

Talvez a razão pela qual ele escolhera abandonar seu grande amor nas águas repouse no próprio rolo da morte. Ao desenrolá-lo sobre a mesa do quarto do hotel, percebi logo que, pela maneira pela qual o rolo tinha sido arrumado, as últimas palavras vinham primeiro. A escolha que eu tinha diante de mim era a de seguir o caminho do rolo da morte a partir da Abadia de São Martim, no alto dos Pireneus, nos passos de Marcabru, ou a de começar por Ussel, onde ele havia desaparecido. Qualquer que fosse minha decisão, a oportunidade de absorver as declarações de todos aqueles que ele encontrara e o sentimento no qual eles se expressaram, era irresistível.

No fim das contas, o próprio rolo da morte tomou a decisão por mim. Quando eu li o último registro do texto — escrito por um Willelmus, um clérigo que presumidamente fornecera abrigo a Marcabru durante a noite em Ventadour, antes de o poeta visitar Ussel —, reconheci imediatamente que sua poesia era tão enigmática quanto a de seu hóspede. Obviamente também à vontade com o *trobar clus*, Willelmus expressara seus sentimentos a respeito de Amedée de Jois em linguagem espinhosa. Essas declarações, unidas à minha própria curiosidade, levaram-me a começar minha jornada por onde Marcabru havia terminado, porque eu queria saber o que acontecera lá. Eu li:

"Toca sua bainha, nela frases são filigranas.
Existe mais na vida do que na morte.

Ela que um dia tu conheceste, amaste e te saciaste
Como uma chama dolorosa difícil de suportar
Tornou-se agora uma pira funerária.
Garanta sua audiência, mas como uma criada na qual
Toda a beleza da imobilidade palpita
Como brasas no tripé do templo de Apolo."

Seria essa uma conclusão amarga de uma tortuosa jornada através da memória, do amor e de sua perda? Ou seria, como eu começava a suspeitar, o renascimento de uma antiga ligação com a própria palavra?

7

EM MEIO ÀS RUÍNAS

MUNIDO DAS OBSERVAÇÕES CRÍPTICAS do rolo da morte, tomei o ônibus para o vilarejo de Moustier, de onde parti a pé para Ventadour. Eu não tinha nenhuma razão para acreditar que acharia nada além de ruínas, mas era minha única pista. Se Willelmus tinha vivido nas redondezas e abrigado Marcabru durante sua peregrinação, então os grandes despenhadeiros de Luzege — localizados em meio a uma selvagem e inexpugnável paisagem — poderiam me fornecer algum indício.

O castelo era o berço de outro famoso trovador, Bernard de Ventadour. Filho de um padeiro, ele era um expoente notável do *trobar leu*, ou estilo "simples" de poesia desprezado por Marcabru. Peire d'Alvarnhe, um companheiro trovador, ridicularizava-o como sendo filho de um serviçal com uma mãe que fazia pouco mais do que acender o forno e juntar gravetos. Apesar disso, Bernard era muito admirado pela leveza de seu estilo e sua submissão ao mais puro lado romântico do amor. Ele era patrocinado por Eleanor de Aquitânia e Henrique II, que o convidaram para comparecer à sua coroação na Abadia de Westminster em 1154. Ele, como muitos de seus contemporâneos, permaneceu sob o encantamento das flechas de Cupido, como retratou Ovídio em seus poemas eróticos, *Amores*.

Estranhamente, o caminho para as ruínas cheirava a bolotas de carvalho. Não havia carvalhos por perto, as pedras escuras e a vasta visão das gargantas de Luzege sugeriam a cor e o peso daquelas sementes. Senti-me revigorado pela caminhada, como se estivesse inspirado por um dos poemas de Marcabru. Quando ele falou sobre a dura estação das tempestades e a estação da seca, senti a esterilidade que muitas vezes nublava sua visão. Aqui em Ventadour, os muros despedaçados murmuravam difíceis refrões, como se uma leve brisa passasse por eles, causando o estremecimento das urzes nas vertentes dos arredores.

Em uma depressão na encosta acima dos muros em ruínas, notei uma figura vestida com uma capa negra, boina e botas pontudas. A figura postava-se diante de um cavalete, pintando a paisagem, com a palheta de tinta em uma das mãos. Aproximando-me dela, mas não tão próximo que perturbasse o trabalho do artista, cujas costas estavam voltadas para mim de qualquer forma, eu observei o movimento hábil do pincel sobre a tela. Ao me virar, percebi que o artista era uma mulher de sessenta e poucos anos talvez, a julgar pelo cabelo grisalho cuidadosamente preso num coque por debaixo da boina.

Alguns minutos se passaram antes de eu iniciar uma conversa com ela. Não sei por que me senti tão animado, exceto por sua aparência austera ter-me dado confiança. Contemplá-la lembrou-me os dolmens de algum santuário pré-histórico. Ela permanecia ali, tendo a vista das ameias em ruínas de Ventadour como seu único objeto de admiração.

Ainda de costas para mim, a mulher respondeu educadamente às minhas perguntas sobre seu trabalho. Ela tinha o hábito, parece, de andar de uma ruína para outra, procurando pelo que chamou de "linguagem das ameias". Quando lhe pedi para explicar o que queria dizer com isso, a mulher falou sobre o fato das ruínas terem sua própria poesia. Eu lhe perguntei se ela tinha familiaridade com a tradição dos trovadores da Aquitânia e se ela já ouvira falar de Marcabru. Para minha surpresa, seu pincel continuou, sem parar de formar imagens na tela.

— Tais homens estavam fora de seu tempo — declarou ela, com uma voz melodiosa ainda que com aquele toque de tristeza que vem de uma rica vida interior.

— Poesia, por sua natureza, condena o poeta ao exílio — sugeri.

Entrementes, tirei o rolo da morte de minha mochila e li alto as linhas sobre Willelmus, para fornecer alimento para nossa discussão.

— *Monsieur* — observou a pintora de paisagens, mergulhando seu pincel na tinta cinza de sua palheta —, a mulher a que ele se refere é tanto Amedée de Jois como Sophia, eu creio que assim ela era chamada pelos antigos. Ela representava a iluminação da mente inteligente dedicada a descobrir a própria constituição da natureza. Willelmus reconhecera na perda de Marcabru algo mais profundo do que uma simples tristeza evocada pela sua morte. Talvez o poeta tivesse perdido o dom de ser mais do que ele mesmo e, então, permitiu que a morte de Amedée escurecesse sua palheta.

— Que tipo de pessoa a senhora pensa que foi Amedée?

— Eu nada sei sobre sua vida. Mas se a dedicação de Marcabru à sua memória servir como guia, então ela possuía extraordinárias qualidades. Amedée de Jois encarnava um anseio que ela compartilhou com o poeta. Ele, por sua vez, a considerava como alguém em quem podia confiar. Ela dividia com ele sua profunda e permanente solicitude e, mesmo assim, sua produtiva *apreensão*. Parece-lhe absurdo? Com certeza, eu apenas estou pensando alto.

— Willelmus a compara a uma chama, uma brasa quente tremeluzindo na pira de Apolo. Com certeza, ela reluzia. O poema que o senhor recitou pede que Marcabru veja Amedée de Jois não como morta, mas como alguém capaz de sofrer junto com ele. Por mais trágica que sua morte tenha sido, ela deveria guiá-lo por suas andanças. Ela gostaria que ele acreditasse que seu tempo na Terra poderia ser fundido com a esperança de que um dia ele seria um mestre de si mesmo, de sua arte, e então criaria um trabalho que transcendesse a si mesmo. Não é esta a verdadeira tarefa de um poeta?

— Acredito que sim — admiti.

— Todos nós, penso eu, devemos ser fiéis aos nossos desejos da maneira que pudermos. Como pintora, eu tento imbuir minhas paisagens com as qualidades que ultrapassam a realidade. Lógico que é difícil; precisa-se estar alerta contra o desejo de mudar a realidade. Porém, alguns de nós estão de tal modo contaminados que se torna impossível ver o mundo como ele realmente é. Isso pode ter sido a dificuldade de Amedée de Jois, quem sabe?

A artista afastou-se de seu cavalete e, pela primeira vez, fui capaz de ver a tela completa. Ela não havia pintado as ruínas do castelo de Ventadour como se apresentavam diante de nós, mas como o castelo que Bernard, Willelmus e até Marcabru deviam ter conhecido. Com um sentido seguro do passado, a mulher criara um castelo imaginário de muros inexpugnáveis, perspectivas, e flâmulas heráldicas flutuando em suas muralhas.

Neste ponto a pintora de paisagens voltou sua face para mim, sua boina pontuda e sua capa escura acentuando a brancura de sua tez. Ela usava óculos escuros, do tipo que pessoas cegas às vezes preferem usar quando querem ocultar seu olhar vago. Todo o tempo aquela mulher cega pintara uma paisagem interior. Através dela o castelo tinha sido reconstruído ainda mais grandioso do que antes.

— Em certo sentido, *monsieur*, Amedée de Jois era como eu, uma vítima de um ferimento perpétuo.

— Mas a senhora vê o mundo como ele *poderia* ser — repliquei, impressionado com sua destreza e seu senso agudo da arquitetura invisível do castelo.

— Este é o único jeito que conheço de compensar o que me falta — respondeu a artista.

Naqueles poucos momentos de iluminação o castelo permaneceu diante de nós, uma ruína transfigurada.

8

PALIMPSESTO

O ROLO DA MORTE DE MARCABRU começara a render frutos. Senti que Amedée de Jois me acompanhara em minha jornada até Ventadour. Eu tocara sua bainha, sentira a filigrana de seu coração. Mesmo que seu enigma ainda permanecesse. Parecia que eu estava à mercê de um texto cujo sentido só me era revelado através dos pensamentos dos outros.

Aquela mulher fora essencial para minha investigação, desde que fora ela quem inspirara Marcabru a fazer sua jornada. Para entender seu papel na vida dele, eu precisava estudar mais de perto o rolo da morte. Que qualidade especial teria ela conferido ao poeta além de ser a encarnação de um amor ilusório? Certamente era necessário mais do que sabedoria e verdade para estimular o coração de um homem.

Voltei para o hotel em Moustier para estudar o meu próximo movimento. Abri o rolo da morte sobre a cama e comecei a lê-lo. Tornei-me um arqueólogo esquadrinhando seus escombros. As palavras eram como cacos de um vaso pintado, recém-desenterrado — a imagem completa eu só poderia imaginar. Um fragmento de uma toga, um braço, talvez um casco de cavalo, era tudo o que eu tinha.

Claro que essas eram reflexões pessoais e não pensamentos mortos — nenhum deles. Eles eram o sopro de inspiração de homens e mulheres que estiveram em contato de várias maneiras com Amedée de Jois e Marcabru. Eles tinham compartilhado com ele, também, seu sonho de linhagem, por mais apagada que tal visão pudesse ter sido. Como Amedée e Marcabru, participaram do mistério de não saber por que agiram de tal forma. Fossem eles um Geraldus, um Petrus, um frei Udalardus ou uma irmã Olívia, ou todos os outros a quem Marcabru pediu que escrevessem ali seus pensamentos — todos eles tiveram uma coisa em comum: aquela disposição interna para descrever uma pessoa que era muito chegada aos seus corações.

Tornou-se necessário que eu mergulhasse em suas palavras, que me afogasse em seu discurso coletivo. Abades e abadessas, monges e freiras, paladinos e cavaleiros da Ordem de São João de Jerusalém,[1] leiteiras e vinhadeiros, fabricantes de barris e armeiros, irmãs e clérigos, lordes e suas damas, cada um deles cruzou o caminho de Marcabru durante a sua jornada pela Aquitânia, através do reino de Oc. Eles eram as vozes de seu tempo, de todos os que queriam dar sentido ao que não fazia sentido: a morte de uma mulher extraordinária que morrera no ápice de sua vida.

Comecei a ler aleatoriamente, fazendo uma pausa após cada depoimento para meditar sobre o seu significado:

---

[1] Ordem de monges militares fundada em 1048. (N. da T.)

"Ela manteve a coragem e o silêncio em alerta" — um tal de Guilelmus do mosteiro de Savigny escreveu. "A boa Amedée de Jois, falecida na abadia de Saint-Martin-du-Canigou, exigira de si mesma a renúncia à felicidade na busca da vitória. A Aquitânia lamenta o calar de seu sino."

"Leva contigo, Marcabru" — escreveu frei Bernardo da abadia de Notre Dame des Chateliers — "o conhecimento de que a Natureza se contenta com os poucos e os pequenos. Se tu tentares acrescentar supérfluos ao que é suficiente para a Natureza, tua recompensa será diminuída. Lembra-te que a ausência não contém dentro de si o vazio, mas a obrigação de nos devotarmos à memória."

"Marcabru, abandona esta camisa de pedra torturante que tu vestes" — proclamou Johannis, um armeiro de Puy que o poeta encontrou no caminho. "Tua espada é a palavra. Por que ela não está gravada na lâmina? Branda-a bravamente, soldado. A morte de Amedée de Jois não é nada mais do que uma escaramuça. Tu deves tomar parte no seu legado, cruza o Styx num barco de esperança, proclama uma palavra que irá extinguir toda a aflição."

"É um país perigoso este que tu atravessas. O que importa a ti, Marcabru, é nunca faltar coragem para explorar além dos limites" — escreveu um companheiro trovador em Poitiers, enquanto viajava para Albi a fim de conseguir uma posição junto ao novo patrono.

Finalmente, li um poema curto escrito pela intitulada Santa Cecília, abadessa do convento de Saint-Jean Baptiste, referindo-se à morte de Amedée:

"Contempla Deus no verme.
Saiba que em suas entranhas Ele repousa,
Uma serpente desmembrada da terra.
Como o verme se alimenta na morte
Assim Ele satisfaz Sua fome
Através dela, delicioso banquete de angústia."

Ali estava minha primeira pilhagem verdadeira dentro daquela orquestra congelada de palavras; e como as notas queimavam em sua melodia escura em minha mente! A pintora de paisagens estava certa: cinza é a cor das ruínas. A pergunta que ficava era se eu seria capaz de escalar de volta para além da memória original, sobre as contribuições feitas a ela pelo tempo e entrar nas reservas de sua inspiração. Em algum lugar entre as elegias repousa uma rasura, um palimpsesto, sobre o qual Marcabru inscrevera seus mais profundos anseios.

Maldito seja! Marcabru já estava me desviando do caminho. Sua ocultação já tecia sua mágica. Ele era um homem sem cidade, não ocupava um lugar específico, sozinho, estranho, sem prole, desestruturado e, por vezes, desordenado, vivendo dentro de um desígnio próprio conhecido apenas por ele. Determinara para si sobreviver dentro do poema, habitando a linguagem como um espectro, perdendo-se na beleza e na nuance do verso perfeitamente expresso. Como eu o invejava! Ele era um homem que possuía algum segredo que eu me esforçava para tornar real. O que era? O que o levara a dedicar seus últimos dias a um epitáfio?

Em Ventadour, naquele dia eu testemunhei a ruína. A pintora conseguira reconstruí-la para mim, pedra por pedra. Caberia a mim reconstruir a vida de Marcabru, juntar todos os fragmentos de sua experiência interior e arrumá-los de modo que ele pudesse, uma vez mais, ficar sozinho.

9

OS NOMES DIVINOS

Relendo aquelas declarações do rolo da morte na manhã seguinte, eu me lembrei do aviso de Horace de que o caráter de Marcabru não poderia ser estudado separadamente. Ele era um homem de seu tempo, em harmonia com as idéias e preconceitos que haviam florescido em torno de mesas de refeitórios e nos corredores de escolas dogmáticas como as de Chartres, Poitiers e Paris. Mesmo que não tenha visitado pessoalmente esses lugares ou ouvido falar dos grandes mestres expondo suas idéias, ele teria assimilado esses pensamentos através dos outros.

Na sua poesia, com freqüência, ele se referia à Terra Santa e à Espanha. O além-mar — ou a região da Palestina — aparece em seu trabalho tanto como um lugar quanto como uma metáfora do paraíso perdido habitado por hereges. É provável que tenha visitado Chipre e Acre, possivelmente tenha até circundado as muralhas de Jerusalém durante suas viagens. Eu sabia que ele havia viajado pela Espanha na esperança de encontrar um patrono em uma de suas cortes. A despeito de seu desagrado em relação ao Islã, ele absorvera muitas de suas idéias, sem perceber, tal como os Templários que descansavam em divãs de além-mar. Teólogos árabes estavam impregnados pelo pensamento grego e, por conseguinte, do Neoplatonismo que, por sua vez, alimentava o pensamento medieval.

Proeminente entre esses pensadores foi São Denis, ou Dionísio, o Areopagita, como era originalmente conhecido. Seus trabalhos foram traduzidos para o latim por Hilduin, abade de São Denis, de quem tornou-se patrono. Mais tarde, John Scotus Erigena, um clérigo irlandês, encantado com os escritos de São Denis, propagou-os em duas obras-primas: *De divisione naturae* e um comentário sobre a *Hierarquia Celestial*, de São Denis. Tal era o poder e a beleza das idéias do monge que elas levaram John Scotus para um terreno perigoso. Ele começou a propor uma visão de Deus e de Sua criação que era quase panteísta e, portanto, potencialmente herética.

— Nada existe, eu sustento — dissera Horace citando John Scotus —, de visível ou corpóreo que não signifique o invisível e o incorpóreo. O mundo físico, argumentava ele, não poderia ser conhecido em sua essência por ser a origem do nada. Mas ele poderia significar um mundo invisível, fonte de idéias divinas e, dessa forma, alcançar o status de beleza inigualável. Deus revela a si mesmo através da natureza pela assim chamada teofania. Por isso a natureza deve ser vista como um espelho de Deus. Tais idéias, tiradas das páginas de São Denis, e portanto dos desertos da Arábia onde intuição e razão eram muitas vezes inseparáveis e onde esse obscuro teólogo sírio alimentara inicialmente sua visão, imprimiam um misticismo em todos os que caíam sob seu encanto.

Fui alertado para esse fato pelas declarações do rolo da morte de Marcabru, tanto por Guilelmus de Savigny quanto pelo armeiro de Puy. O primeiro sugeriu que Amedée de Jois poderia ter escolhido voluntariamente a morte como meio de superar a malignidade da natureza. Johannis foi mais longe sugerindo que Marcabru deveria partilhar seu legado de amor também, "cruzar o Styx num barco de esperança", como sucintamente colocara. Ambas as afirmações sugeriam que a vitória, o restabelecimento da primitiva integridade, só era possível através do ato de morrer. Suas observações estavam de acordo com a crença de John Scotus de que o retorno de todas as criaturas para Deus começava com a morte.

Estas eram de fato águas perigosas para se navegar! A palavra como espada indicava como tal morte poderia acontecer: com essa linguagem, o poder e a beleza de um poema poderiam levar à morte perfeita. Todos os informantes de Marcabru até aquele ponto insinuaram que o "país perigoso" da palavra poderia ser explorado para "além dos limites". Ninguém, nem mesmo o poeta, poderia apagar a memória. A obrigação de cada um era sustentar o vazio por meio de um comprometimento eterno com a expressão.

Seria a ambição secreta de Marcabru escrever o poema perfeito? Teria ele, até a morte de Amedée, acreditado que esse poder pertencia somente a ele? Teria o orgulho entrado na equação? Muitas perguntas permaneciam sem resposta, mas mesmo assim eu suspeitava que a decisão de Marcabru de jogar fora o rolo da morte estava irrevogavelmente ligada a elas. Um homem que respirava através da poesia, como um peixe respira através de suas guelras, certamente não gostaria de sufocar sua voz com tal ato de censura — a menos que, com certeza, ele tivesse descoberto um meio melhor de se expressar.

Esses eram pensamentos desconcertantes. Eu estava consciente do perigo de usar técnicas psicológicas para analisar o comportamento do poeta. Felizmente ele resistira a todas as minhas imputações para reduzir suas ações a motivações tão fáceis. Pelas ações serem tão próprias, tão misteriosas, tão inspiradas no balançar das oliveiras, mais do que no dos salgueiros e amieiros, tive a impressão de que ele só era realmente ele mesmo quando se protegia da hipocrisia de seu tempo e do fracasso da aristocracia para viver segundo as grandes expectativas com que se via investido pelo destino.

Mas, e quanto a Amedée de Jois, cuja morte o inspirara a ponto de descer de sua solidão olímpica para buscar a expressão de outros? A tentação, é claro, era de correr para a abadia de Saint-Martin, onde ela havia morrido, e encarar seu enigma de frente, em vez de vagar pelo campo como eu estava fazendo. Isso seria o mais fácil. Um mistério, que não poderia ser facilmente desprezado, estava embutido na jornada de Marcabru. Descartá-lo seria como matar um pássaro em pleno vôo: o pássaro cairia por terra e privaria o céu da estranha beleza do desafio da gravidade. A peregrinação de Marcabru era um ato de rebeldia, uma tentativa de desafiar e suplantar um sentimento profundo de raiva — ou de dor?

A idéia de que ele tinha se empenhado em escrever o poema perfeito me intrigava. Isso não era tão incomum, já que os poetas sempre acreditaram no poder da linguagem. Muitos teriam visto a *Ilíada* de Homero, os Upanishads hindus ou as sagas de Norse Njal como exemplos de como o mundo é transformado pela beleza da palavra. A denotação, uma explosão de som e pensamento no cerne do intelecto, é básica na natureza humana. Do ponto de vista do poeta, e também de seus ouvintes, o mundo é um lugar melhor no final de todo recital.

Este foi o caminho escolhido por Marcabru. Ele tinha perambulado pelo mundo em busca de experiência para moldar seus versos. O fato de o mundo não ter correspondido às suas expectativas era parte de sua perplexidade e de sua glória. Ele vira o que outros escolheram ignorar. A regra do Amor, do *fin' amors*, demandava que ele fosse vigilante na sua busca da excelência. Frustrado, desapontado, e por vezes em desacordo com o mundo e consigo mesmo, Marcabru, no entanto, ainda extraía do mundo o que queria: a essência do verso, o jorro da pura chama que permaneceria para sempre como parte da consciência.

Eu o admirei por isso. Mas então, sentia também um forte desejo de me distanciar de suas exigências, acreditando que elas estavam, de algum modo, me atraindo para um perigo inusitado. Talvez Amedée de Jois tivesse sentido o mesmo que eu. Talvez ela tenha escolhido escapar de sua influência. Talvez o amor — e eu estou presumindo que a relação deles era fundada em algum tipo de intimidade, mesmo que fosse um amor à distância — não fora suficiente para mantê-los unidos.

Eu começava a suspeitar que encontrara um relacionamento mais complexo do que qualquer outro que pudesse imaginar. Marcabru e Amedée de Jois podem ter levado seu amor a tal ponto que a única alternativa fosse excluírem a vida como um todo. Guilelmus insinuara isso quando escreveu que Amedée de Jois escolhera abrir mão da felicidade em prol da vitória. Mas teria ela, na morte, voltado as costas a Marcabru?

Como meus pensamentos tinham se tornado confusos! Eu tinha me envolvido com o tempo de Marcabru, com seu amor, com sua peregrinação através da antiga terra de Oc, agora cada passo me levava mais para o fundo daquele labirinto. Tinha que perguntar a mim mesmo se o que estava por baixo desses desvios e curvas seria o conhecimento de que o abandono do amor terreno por Amedée de Jois poderia ser apenas um prelúdio para uma decepção mais elaborada.

10

UM PASSEIO PELO CAMPO

VOLTEI DE UM PASSEIO NAQUELA tarde e encontrei uma mensagem de que R. esperava-me na recepção. Ele telefonara durante minha ausência, e a zeladora tinha amavelmente anotado o recado. Li suas palavras crípticas: "Vá para Rocamadour, na praça Saint-Amadour, onde você vai achar uma loja que vende papéis de alta qualidade. Pergunte por *M.* Poulen, o papeleiro. Ele tem uma informação relevante para sua pesquisa." E isso era tudo.

O esquivamento de R. era irritante. Nós éramos amigos, mas mesmo um amigo não podia abusar tanto da paciência do outro! Ainda assim, seu aviso chegara num momento oportuno. Os nomes das estalagens e abadias entre Moustier e Rocamadour mencionados no rolo da morte faziam pouco sentido, já que a maioria desses estabelecimentos haviam desaparecido do mapa. Esse súbito salto para Rocamadour, apesar de surpreendente para Marcabru, que viajava a pé, parecia, do mesmo modo, muito abrupto para mim — a não ser que decidisse ir também a pé.

E isso foi o que decidi fazer. Fiz meu caminho pelas veredas da região, de vilarejo em vilarejo, parando à noite para dormir em hotéis modorrentos onde me regalava com belas refeições, revigorando-me rapidamente da caminhada diária. Ao longo do rio Dordogne, aproveitei sua beleza para sentar-me e meditar sobre as palavras contidas no rolo da morte. Perto de Saint-Cyprien, parei para ver a Capela de Rodon l'Espi, uma igreja sóbria em estilo Romanesco, cujo nome era supostamente baseado na expressão latina *rotondo spino*, em honra de um relicário da Coroa de Espinhos.

Cidades mercantis como Sarlat deram-me as boas-vindas com o que produziam; igrejas de abadias e castelos emanavam seus antigos prodígios, inquietações e uma leve sensação de ameaça. Afrescos medievais nas paredes de refeitórios, arcadas de colunas em torno das praças do vilarejo, ribanceiras de calcário e bispados góticos, uma estátua de Adão e Eva entrelaçados com uma serpente, uma tapeçaria de São Martinho a cavalo cortando sua capa com a espada e porcos sendo tocados pelas picadas, como mulas — todas essas impressões preencheram meus dias enquanto eu fazia o caminho para Rocamadour. Em Martel, fiz um desvio para observar os três martelos flutuando em mastros de bandeiras, em memória de Charles Martel, que derrotara os mouros em Poitiers, em 732.

Não seriam as viagens exatamente para isto: penetrar na memória de pessoas e lugares? Passei a me deleitar com a solidão que isso me proporcionava. Naquela semana, o Dordogne se tornou a via de expressão de alguns pensamentos interessantes: quanto mais eu estudava o rolo da morte, mais eu confundia a paisagem pela qual viajava com as palavras de seus antigos habitantes. Lugar e pessoas se tornaram uma só coisa.

Memorável também foi a tarde em que eu deitei para descansar embaixo de uma velha árvore e tirei da mochila o rolo da morte. As palavras que fluíram eram tão límpidas como o riacho próximo. Mais uma vez os amigos de Marcabru se erguiam para saudar-me, peixes fascinados pelo céu, guardando com eles segredos profundos.

> "Rogo-te, Marcabru" — escreveu um mercador de tecidos de Saint-Cyprien —, "atenta para a dualidade da perda que tu carregas. O mal existe, mesmo que tu não reconheças seu aperto de mão. A morte de um ente querido, apesar de dolorosa, pode ser um dom. Tal morte pode ajudar-te a te desvencilhares deste mundo. Há uma velha águia em ti, de asas desplumadas, mas que ainda é capaz de planar saindo de seu ninho. Agarra suas presas! Tua tentativa de vôo pode ainda ter a qualidade de um tecido de Ghent. Tudo o que eu peço é que te desprendas antes que ela decida abandonar-te em pleno vôo."

> "O amor de Rudel pode inspirar-te, já que a morte foi a sua conseqüência" — escreveu um certo Bertran. — "Mas lembra-te, seu amor distante tomou véu e abandonou este mundo. Eu te disse: canta a tua tristeza. Faz um poema que desenterre novos tesouros para todos nós."[2]

---

[2] O trovador Jaufré Rudel (morto em 1148) apaixonou-se por uma condessa de Tripoli sem nunca tê-la visto. Apenas através dos relatos que recebia de peregrinos retornados de Antioquia. Querendo encontrá-la, ele tomou a cruz e navegou para Trípoli. Infe-

"Homem nenhum é tão completamente feliz que algo, em algum lugar, não esteja em desacordo com sua condição" — escreveu Gauzbert, um ermitão que Marcabru encontrou vivendo na floresta de Bessede, citando uma frase de Boécio. — "Eu te aconselho a abandonar tuas deliberações na ausência do outro. Tu virás a aceitar que a morte dela tem raízes na glória. Pelo Santo Sudário de Caduin, digo-te que há lugar para ti no Céu se tu te desligares do remorso e seguires teu instinto. *Ela* é o teu portão."[3]

"O além-mar deixou suas cicatrizes" — declarou um Cavaleiro de São João, recentemente retornado da Palestina. — "Vi homens lá, alguns deles poetas, gravemente desrespeitados pela espada infiel. Para eles, a morte tinha um sabor refrescante desde que o Santo Papa lhes garantira a indulgência. Maldito seja ele por ter garantido o que não era seu para dar! O sangue deles, derramado nas ladeiras do Calvário, misturou-se ao do Nosso Senhor.

---

lizmente ele ficou doente a bordo e foi desembarcado ao ser considerado sem esperança. Ao saber de sua sorte, a condessa veio até seu leito de morte e tomou-o em seus braços. Vendo quem ela era, Rudel recuperou-se o suficiente para agradecer a Deus por ter-lhe permitido conhecer o objeto de seu amor. E, então, ele morreu nos braços dela. Tão triste ficou a condessa que entrou para o convento logo depois da morte de Rudel. A história de Rudel inspirou Robert Browning a escrever o clássico poema de amor *Rudel para a senhora de Tripoli*.

[3] Acreditava-se que o sudário de Caduin, uma peça de linho trazida de Antioquia por um padre do Périgord, tenha envolvido a cabeça de Cristo na sua crucificação. Era um objeto de peregrinação durante a Idade Média. Em 1934, e depois em 1982, pesquisas concluíram que as falsas bandagens eram características do artesanato produzido durante a dinastia Fatamid, no fim do século XI. Assim, o Santo Sudário foi destituído de suas propriedades miraculosas pelos testes científicos.

Um que caiu ao meu lado e que ainda teve fôlego suficiente para sussurrar, depositou seu último desejo em meu ouvido: 'Diga a Marcabru se teu caminho cruzar com o dele, que só ele, entre todos os trovadores, nos deu a verdade do *fin' amors*. Morro com sua canção em meus lábios.'"

"Eu te digo, meu amigo, audaz cavaleiro da palavra, com este apoio tu tens a oportunidade de conduzir um contra-ataque. Aqueles que deram suas vidas em defesa de Jerusalém tinham teus versos em seus corações. Tu os fascinaste, não é o bastante? Põe a espada a teu serviço, enterre as frias torres de São Martinho sob os escombros das palavras. Esta é a tua única defesa."

Eu não li mais naquela tarde mas saboreei as palavras — pensamentos escritos há muito tempo, mas, mesmo assim, tão cheios de paixão como se houvessem sido expressos ainda ontem. Parecia que eu conhecia o mercador de tecidos, Gauzbert, Bertran e o Cavaleiro da Ordem de São João que retornava da Palestina, tão diretamente eles falavam. Discutiam o caso que lhes caíra nos ouvidos, sensíveis à causa. Marcabru, pareciam dizer, não permita que tua dor se coloque entre ti e o destino. O poema é tua fortaleza: entrega tua vida a ele (como o fizeram outros além-mar), mas nunca te rendas ao inimigo. Os três martelos de Charles Martel estão a clamar por tua vitória como fizeram em Poitiers.

Aquelas quatro elegias, simplesmente expressas e tão pessoais, só intensificaram meu interesse. Amedée de Jois, ao que parecia, tinha muito pelo que responder. Se a língua mais ferina de sua época escolhera permanecer muda em face de tais palavras contidas no rolo da morte, então, claramente algo de sério e estranho deve ter ocorrido. Teria Marcabru matado alguém? Teria seu pai denunciado Marcabru para o mundo por causa de sua crítica à aristocracia? Ou teria Amedée de Jois desdenhado seu amor por ele ser um homem de classe inferior à dela?

Prisioneiro deste drama medieval, eu mesmo comecei a procurar respostas nos lugares mais inusitados. As pessoas que encontrava na estrada, as praças dos vilarejos em que eu parava para refrescar-me à tarde, até o relógio das torres que eu ouvia bater o meio-dia, todos eles me ludibriavam com sua parte ainda escondida daquele drama. Tudo estava entrelaçado de uma certa maneira — um pensamento absurdo, mas não menos real por sê-lo.

Eu tinha convidado Marcabru a reviver suas experiências e impor seu silêncio a mim. Agora, eu era impotente para obrigá-lo a descansar.

11

A MARCA D'ÁGUA

LAR DA LEGENDÁRIA MADONA NEGRA, a miraculosa Virgem pintada em estilo rústico, Rocamadour é a cidade cujas origens medievais propiciam estados alterados de consciência. Subir os degraus da Via Sacra é experimentar uma forma de levitação: falta de ar e uma sensação de reverência ante a perspectiva de ver os ossos do santo na companhia de peregrinos que se arrastaram até lá de joelhos. É o bastante para impressionar até as mentes mais céticas.

Segundo a lenda, em 1166, um habitante local expressara o desejo de ser enterrado debaixo da soleira da entrada da Capela da Virgem, mas, durante as escavações de seu túmulo, o corpo do eremita Zaccheus foi descoberto. Tão antigo era o túmulo que alguns sugeriram que pudesse se tratar do corpo de um eremita egípcio do século III. Seus ossos inspiraram numerosos milagres que atraíram gente de toda a França. Henrique II, um dos primeiros a se ajoelhar diante do túmulo, ficou curado de um doloroso ferimento de espada. Para não ficarem para trás, uma procissão de reis e rainhas logo o seguiu. Milhares de peregrinos juntaram-se ao grupo e fizeram a jornada até Rocamadour a caminho de Santiago de Compostela.

A cidade está presa ao paredão de pedra como um ninho de estorninho. Uma vez tendo subido a Grande Escadaria, parecia que eu tinha voado desde a África em uma de suas migrações. Tendo em mãos o endereço que R. me havia dado, passei pelas muralhas e encontrei-me diante de uma praça rodeada de igrejas medievais e pequenas lojas.

Sob a arcada, notei a loja que vendia papéis de fina qualidade, as cornijas das suas janelas servindo de moldura para expor folhas de papel e envelopes artesanais. Estudei sua elegância irregular através do vidro, maravilhado pelo modo que eles convidavam aqueles que os olhavam a escrever seus pensamentos mais íntimos. Cheio de curiosidade, eu abri a porta.

Um homem, talvez por volta dos setenta anos, estava de pé atrás de um balcão com tampo de vidro. Ele vestia uma camisa branca com colarinho vitoriano. Braçadeiras acima dos cotovelos suspendiam as mangas e mostravam seus pulsos. Ele espiou por sobre um *pince-nez* equilibrado no nariz. Apesar de seu ar severo, o homem irradiava bondade. Ele me lembrou uma figura de iluminura de manuscrito, tão composto e deliberado era seu comportamento.

Expliquei-lhe o motivo de minha visita, resumindo minha caminhada desde Moustier seguindo as pegadas de Marcabru. *M.* Poulen ouviu. Ele pareceu surpreso pelo fato de um estrangeiro como eu ter assumido a tarefa de resolver a charada do *rouleau de mort* de Marcabru.

— Que viagem interessante — observou *M.* Poulen, retirando os óculos e colocando-os sobre o balcão.

Olhei através de suas lentes e percebi uma marca d'água em uma folha de papel na prateleira abaixo. Ela representava um antigo amuleto, do tipo encontrado no Oriente Médio.

— Já vi muitas coisas que me impressionaram e tive alguns encontros inusitados — admiti.

— São essas coisas invisíveis que nos abordam mais do que percebemos. Sei que, comigo, toda vez que estou tentando fazer uma folha de papel a partir de materiais inferiores, sempre espero que o resultado dos meus esforços se transforme em um objeto de beleza. Esta é a natureza de todas as jornadas. Elas nos levam através de eventos impensáveis, rotinas, frustrações e desapontamentos do dia — só para nos levar à descoberta de que algo notável ocorreu: se é surpreendido por uma forma, largamente intuitiva, que aparece de repente — nada menos do que a conclusão de uma tarefa.

— O senhor adquiriu tal perspicácia através da manufatura de papel?

— Não subestime uma humilde folha de papel — *M.* Poulen gentilmente advertiu-me. — Sem ela, onde estaríamos? E o que é mais importante, onde a palavra residiria? Trata-se de uma das maiores invenções. E sua superfície lisa, livre e por vezes branca aporta a palavra como um cisne. O papel é o lago no qual esses majestosos pássaros do pensamento vêm repousar, para nos inspirar com sua elegância, seu charme e sua substância. *Monsieur*, o papel é também a cama da linguagem. Nós dormimos nele e sonhamos.

M. Poulen quase não tomou fôlego durante seu monólogo. Era como se estivesse ensaiando para mim.

— É óbvio, *M.* Poulen, que o senhor tem um profundo respeito pelo papel.

— Como Marcabru tinha, estou certo.

— Até onde se sabe, ele não escreveu nenhum outro poema depois da morte de Amedée de Jois.

— Mas o que não quer dizer que ele nunca tenha escrito um poema *invisível*. Tome este pedaço de pergaminho — *M.* Poulen continuou a explicar enquanto removia uma folha de papel de uma caixa rasa que estava no banco atrás dele. — Para o olho comum, ele parece com um papel em branco. No entanto, se você olhar de perto, verá a marca d'água inserida na sua textura.

Estudei o papel. Uma imagem com brasões de um casal, possivelmente um rei e uma rainha, havia sido feita com figuras de baralho de Tarô. Pareciam ligeiramente orientais. Ao mesmo tempo, eu tentei imaginá-los como representando Marcabru e Amedée de Jois, duas figuras implacavelmente congeladas em suas expressões e, mesmo assim, de algum modo, cheios de vida.

— Eles representam o régio poder do pensamento — acrescentou *M.* Poulen — e vieram de uma terra distante, longe da familiaridade de nossas vidas. Eles reinam sobre uma corte que nós tentamos alcançar sempre que possível, mesmo se falhamos em viver sob suas leis. É verdade, não é, que nós sempre queremos oferecer nossa lealdade ao que eles representam, mas freqüentemente falhamos.

— Com certeza. — Meus lábios moveram-se involuntariamente.

— O senhor vê, *monsieur*, a marca d'água é o poema invisível do papel. Ela mora no papel como um lembrete de todos os artesãos que me antecederam. Na verdade era, muitas vezes, um gesto fugidio impregnando o papel com uma mensagem subversiva. A imagem de amuletos gnósticos que o senhor vê aqui — *M.* Poulen indicou a marca d'água numa folha de papel na vitrine abaixo — era a mercadoria dos cátaros, ansiosos por difundir sua mensagem. A marca d'água era um ato de dissidência durante a Idade Média.

— O senhor está dizendo que essas marcas d'água são de uma natureza oculta, que eram a linguagem secreta da heresia?

— As idéias que inspiraram os cátaros viajaram pelas rotas de comércio desde o Oriente Médio. Os cátaros eram por vezes conhecidos como "tecelões", indicando sua ligação com a produção têxtil. Mercadores de seda de Constantinopla vendiam regularmente seus produtos para os fabricantes de roupas do Oeste e assim compartilhavam de suas idéias heréticas. Deste modo, as crenças dualistas da Península Balcânica, de lugares tão distantes quanto a Pérsia, foram introduzidas na Europa. Não demorou muito para o próprio Cristianismo se sentir ameaçado.

— Isto não faz do senhor também um herético? — perguntei meio de brincadeira.

— Bem, sim, na medida em que reconheço o direito de meus antepassados de manter opiniões opostas às de seu tempo — replicou *M.* Poulen. — A marca d'água era seu talismã. Ela permitia que eles propagassem a crença no disfarce de uma folha de papel em branco. Eu aprovo seu estratagema. O papel é o mais requintado dos perigos: ele oferece a ilusão da brancura, da pureza, enquanto perpetra algo de clandestino.

— Esta era também a obsessão de Marcabru.

— O senhor percebe agora por que ele foi tão cuidadoso em não escrever seus poemas após a morte de Amedée de Jois. O senhor vê, *monsieur*, a mulher era relacionada com a corte de Raymond-Roger de Foix. Tanto a esposa deste, a condessa, assim como sua irmã, Esclarmonde, haviam feito os votos de Perfeitas e eram respeitadas por serem as mais santas das mulheres. É mais provável que Amedée tivesse sido influenciada por sua prima Esclarmonde.

— Ela própria pode ter-se tornado uma Perfeita — raciocinei, referindo-me ao mais alto ofício espiritual entre os cátaros, o assim chamado *parfait*. Elas usavam roupas pretas com um cinto diferente e uma pequena bolsa de couro que continha invariavelmente uma cópia do Novo Testamento. Perfeitas praticavam a castidade, em contraste com os Eleitos, ou membros inferiores da congregação. A cidade inexpugnável de Montségur, o último baluarte dos cátaros, pertencera à princesa Esclarmonde por herança. Lá ela presidira um conselho de Perfeitas. Uma mulher notável por seus próprios méritos, a princesa não era avessa ao debate com pregadores católicos na corte de seu irmão, em defesa da sua fé.

— Talvez — respondeu *M.* Poulen. —, tudo o que sabemos hoje é que Amedée de Jois morreu na abadia de São Martinho, não muito longe de Foix, sob circunstâncias misteriosas. Se ela fora secretamente herética e, ao mesmo tempo, uma freira, então isso seria com certeza razão suficiente para conflito. É mesmo muito difícil suportar o peso de uma crença, que dirá de duas? Ninguém deveria ter de fazer isso.

A explicação de *M.* Poulen era a mesma da marca d'água: em um tênue esboço, oferecendo não mais do que uma pista discreta, ele era capaz de detectar significados e motivações sutis.

Se Amedée de Jois esteve em Cathar, e talvez tivesse sido uma Perfeita, então eu podia entender o sigilo de Marcabru sobre a natureza de sua morte. Pessoas que eram conhecidas por terem abraçado crenças heréticas muitas vezes eram vítimas de recriminação, com seus túmulos sendo passíveis de profanação. O movimento albigense tinha cravado uma estaca no coração da Aquitânia durante o século XII. O rei da França, o papa e aqueles nobres do Norte interessados em sua causa, finalmente conseguiram debelar essa extraordinária, senão quixotesca, revolta em Montségur, em 1244, quando sua fortaleza foi finalmente destruída e duzentas Perfeitas foram queimadas até a morte, sem julgamento.

Qual seria o papel de Marcabru naquele conflito? Ele certamente fora simpático com os cátaros, posto que eles, como o próprio poeta, desprezavam o clero corrupto e a intervenção de Luís VIII e seu exército a favor de Roma. Sua poesia exibia um severo veio puritano em relação àqueles que buscavam patronato tanto de reis como de igrejas. A aristocracia local, homens do conde Raymond, também simpatizavam com os cátaros. Os trovadores faziam eco a essa simpatia, já que contavam com seu patrocínio.

M. Poulen alertou-me para a possível presença de um lado oculto de Marcabru que seria governado não só pelo *fin' amors*, mas também pelo conflito de lealdades. A morte de Amedée de Jois talvez tivesse sido ligada a divergências na Aquitânia, tenha ela querido ou não. A igreja e o reino opuseram a aristocracia provincial ao povo. Entre essas forças, Marcabru deve ter tentado sobreviver sem se aliar nem a uma nem a outra. Ele fizera de sua poesia a máscara para uma religião interior, de modo a proteger a si próprio.

Agradecendo a *M.* Poulen, por sua ajuda, parei novamente na praça e perambulei até a Capela de Nossa Senhora para apresentar meus respeitos à Madona Negra. Enegrecida pela fumaça das velas, a estátua de nogueira continuava a brilhar sobre o altar. Em toda a sua volta, as oferendas votivas testemunhavam os resultados permanentes na vida dos peregrinos através dos séculos. Me senti subitamente calmo, sem saber por quê. Como camaradas de armas, Marcabru e eu nos ajoelhamos diante dela e oferecemos nossas orações.

Deixando o lugar, contemplei o penhasco por sobre a porta. Reparei numa espada cravada na pedra justo até a metade. Uma placa revelava que era nada menos do que a legendária espada Durandal, que pertencera a Rolando. Transpassada na pedra, aquela espada já havia defendido a Europa contra os mouros. Mesmo assim, apesar da estada de Rolando em Roncevalles, ele não conseguira prevenir a rica corrente de idéias de continuar sua invasão desde a Espanha em direção ao Leste. Ao longo das rotas de comércio, elas vieram, transformando cada um em que tocavam. Fora deixado aos indivíduos a tarefa de aprender a lidar com elas e fazê-las suas.

Rolando, entrementes, morrera defendendo um sonho impossível — uma Europa pura e sem obstáculos, resistente às visões de outros homens. E, segundo a lenda, sua espada fora transportada para Rocamadour pelo arcanjo Miguel, onde ficaria longe dos saqueadores sarracenos, cumprindo o último pedido de Rolando antes da sua morte em Roncevalles.

12

UMA DAMA DE DAMASCO

A ESTRADA DE ROCAMADOUR para Figeac cruzava um platô de calcário mergulhado nas cores do outono. Até as pedras da região eram aquecidas pela luz dourada, enquanto competiam com um ocasional olmo cujas folhas continuavam a brilhar através da tarde. Nesta remota estrada de peregrinação para Compostela, me flagrei compartilhando memórias e histórias daqueles empenhados em recordar sua jornada até a Espanha.

O rolo da morte era minha única companhia naquela manhã em que dirigi ao longo de estradas secundárias. Ele estava no banco da frente do "dois cavalos" que eu alugara para a viagem, um cilindro de palavras, todas batendo umas nas outras enquanto a suspensão traseira do veículo subia e descia. Meu destino era a igreja de Caniac-du-Causse, que fora construída pelos monges de Marcilhac-sur-Célé, e o vilarejo de Soulomes, cuja igreja tinha sido outrora uma assembléia da Ordem dos Cavaleiros Templários.

Dentro da igreja em Caniac, descobri uma cripta dedicada às relíquias de São Nanfásio, um oficial do exército de Carlos Magno que havia se tornado eremita. Marcabru parara ali a caminho do norte, presumivelmente para contemplar os numerosos pequenos lagos que, acreditava-se, haviam sido escavados na paisagem pelo próprio santo. Debaixo de uma abóbada estriada, sombreada por uma colunata, desenrolei o rolo da morte e li as palavras de *titulis sancti* Gafredus, um monge que residira lá:

> "As guerras são os despojos da imundície. Nosso Santo guerreiro sabia disso quando retirou-se para este lugar a fim de esculpir seus lagos. Abandonou a Espada a favor da Palavra. A morte tirou o fio da primeira enquanto a segunda foi afiada pela Vida Eterna. Marcabru, tu és um Guerreiro da Palavra: empunha-a assim como São Nanfásio o fez a serviço de seu rei. Mas *retalha de uma ponta à outra* a hipocrisia que mascara a verdade. Quanto a Amedée de Jois, considera-a como sua Pedra de Amolar, pronta para fazer brilhar tua Lâmina."

Palavras fortes vindas de um monge que vivia em um deserto de lagos escavados nas rochas! Teria Marcabru baixado a cabeça, censurando-se? Ou teria ele deixado aquele homem com o espírito resoluto? A reiteração de sua necessidade de romper com a perda pode ter sido por vezes irritante para ele. Um homem consegue ouvir dos outros o que fazer muitas vezes antes de cair em desalento. Sendo todos celibatários, os monges nunca haviam experimentado a doce lança do amor sensual ou, sem dúvida, do *fin' amors*, a perfurar suas almas.

Seu amor distante, se tivessem um, tinha sido guardado para sempre em alguma armaria de um outro mundo.

No vilarejo de Soulomes, estacionei do lado de fora de uma igreja cujo campanário românico estava cheio de pombos. Dentro do coro descobri um afresco retratando um cavaleiro templário ajoelhando aos pés do Cristo morto e ressuscitado. Ali, eu suspeitei, o correspondente seguinte de Marcabru deve ter reverencialmente depositado sua espada e rezado antes de fazer a Santa Comunhão. Cuidadosamente, abri o rolo e li:

"Esta língua de *trobar clus* que tu falas, Marcabru, é a língua dos deuses. Lembro-me de, uma vez, quando estávamos negociando uma trégua com o califa de Damasco, tivemos a oportunidade de ficar em sua corte. Finos pratos foram servidos por escravos enquanto repousávamos em divãs ouvindo algum entretenimento. Os sons do *rehap* e do *ney* preencheram a sala com uma melodia tão comovente que senti meu coração quase estourar. Levantei-me, despedi-me, e andei para o pátio onde uma fonte jorrava suavemente.

"Lá, meditei sobre a futilidade da guerra. As estrelas lá no céu lembravam-me de todas as almas perdidas em batalhas intermináveis travadas em nome de Cristo e de Alá. Que adversários! O Crescente e a Cruz haviam-se tornado símbolos de um conflito mais profundo: o desejo dos homens de ferir uns aos outros com suas crenças. Lágrimas vieram-me aos olhos, não de felicidade, mas de frustração.

"Como uma névoa, senti que alguém estava perto.

Virei-me e vi uma mulher parada perto da fonte, a face coberta por um véu, como era o costume. Quando lhe falei, ela inclinou a cabeça, permitindo que o pano caísse. Reconheci uma jovem dama, uma princesa. Entendi cada palavra de sua conversa, mas até hoje não posso dizer se ela falava provençal, francês, grego ou árabe. Sua linguagem era tão misteriosa quanto sua presença.

"— Boa noite — disse ela. — Tu vens de um lugar distante onde o anseio pelas origens ainda te açoita como um chicote. Esta terra sendo tão seca, todas as suas pedras estão saturadas com o espírito que ambos adoramos. Naturalmente nós todos queremos beber em suas fontes, seguros de que tais águas irão nos curar. Ainda assim, guerreamos um com o outro, cimitarra contra espada, Corão contra Bíblia, dois poemas invencíveis presos em um combate mortal. Já não é tempo para abrandar as palavras no interesse da amizade, encontrar uma linguagem comum para que o amor possa finalmente apagar a desunião entre os povos? Lembrar que nós adoramos a mesma essência, a qual, apesar de toda a alardeada sagacidade posta à nossa disposição, desafia a expressão. Nós, povo de Alá, como tu sabes, somos seduzidos pela palavra. Consideramos o poeta mais próximo do céu do que os anjos. Rogo-te, bom cavaleiro, retorna para teu povo. Dize que bebeste na fonte da sabedoria. Se perguntado sobre o seu sabor, dize-lhes que, dali em diante teus lábios formigam com a sensação além de toda experiência palpável. Pois tu aprendeste a entender os anseios que estão enraizados no silêncio dessas pedras.

"No fim do discurso da mulher, desviei meu olhar da fonte para olhá-la, mas ela havia ido embora. Tudo o que restava de sua presença era um aroma de lavanda. Sua imagem partira da mesma forma que chegara.

"Voltei para a sala, para a música e as festividades, meus lábios estavam em brasa. A partir daquele dia voltei as costas para o além-mar, durante tanto tempo o lar de meus mais fervorosos ideais, e naveguei de volta para a França. Descobri que a retórica é como um eunuco — sem sexo, massageia o espírito com todos os ungüentos do prazer, mas na verdade não é mais do que um bálsamo de aniquilação.

"Por esta razão, Marcabru, peço-te que julgues tua própria Terra Prometida. Volta tuas costas para o discurso comum e vai mais fundo no conteúdo do teu poema. Tua tarefa é assegurar que as palavras se elevem acima da tarefa de representar como as coisas são; elas precisam revelar seu significado interior, a linguagem dos deuses. Foi isso que eu ouvi de uma senhora de Damasco."

Guardei o *rouleau de mort*, distraído do olhar fixo do Cristo Ressuscitado sobre o altar. Senti a chama das palavras do cavaleiro templário. O rolo da morte tornara-se uma tocha viva, apesar de ter ficado abandonado todos esses séculos na Capela dos Penitentes, faminto por uma centelha de pensamento. Por isso, ele exigia de mim tanto quanto de Marcabru, que se pegasse o cajado e começasse a peregrinação pelo caminho que leva ao conhecimento.

Os comentários do cavaleiro templário eram ainda tão poderosos e vivos como no dia em que foram escritos. Sua conversa com Marcabru tocou em temas que estavam além do meramente pessoal. A visitante de véu, na fonte, dirigira seu discurso para dois homens — e agora, oito séculos depois, reafirmava seu apelo à consciência. Eu me tornara o terceiro homem, tão ansioso quanto os outros dois para mergulhar no mistério de suas palavras.

O afresco sobre minha cabeça tremeluziu. A cena do Sepultamento continuava a reafirmar a transitoriedade da morte, enquanto, em contraste, a Ressurreição conclamava as pessoas a se levantarem, para resistir. O templário, entrementes, como o velho guerreiro que era, finalmente depusera a espada. E seu amigo, o poeta, cuja canção estava temporariamente adormecida, estava ouvindo outra melodia — de lavanda e do doce aroma das palavras.

13

UM BLOCO DE BASALTO

NA MINHA TENTATIVA DE ENTENDER Marcabru, senti que voltava no tempo. Seu relacionamento com Amedée de Jois tornara-se minha obsessão. Ela, prima de uma dualista, fez os votos com intuito de escapar de uma situação extremamente difícil. A Aquitânia estava em crise — o povo não sabia em que doutrina acreditar e o mundo além-fronteira estava sendo ameaçado. Como poderia um indivíduo escapar exceto por um ato privado de meditação?

Fin' amors era apenas uma forma de escape. Ele oferecia uma oportunidade de amar alguém à distância, sem reciprocidade, pedindo apenas que aquela pessoa pudesse suportar ser a testemunha silenciosa do amor do outro. Marcabru, no entanto, começara a duvidar da idéia do *fin' amors*, acreditando que ele tivesse se tornado sujo pela falta de fé. Se ele tivesse de ser transformado pelo amor, então o poeta devia gozar de absoluta fidelidade. Pode ser que Amedée de Jois tivesse achado o peso deste ideal muito grande.

Em Figeac, onde eu planejava ficar aquela noite, Marcabru encontrara Père Fyot, o prior da abadia de Saint-Sauveur. A julgar por algumas observações que sobreviveram no rolo da morte, os dois homens podem bem ter discutido uma gama de tópicos interessantes, talvez até tarde da noite. A escrita no documento original era ilegível em alguns lugares, levando o estudioso de Ussel a observar (entre parênteses) que ele achava que vinho pudesse ter derramado sobre o pergaminho. Tudo o que ele conseguiu traduzir foram alguns enigmáticos fragmentos:

> ... fantasia pode desviar-se no particular...
> e imagens abrandam o exercício da Cruz.
> Um pomar nasce do... chão
> ... tranqüilidade...
> ... o olho interno procura...
> ... perfumes ardentes do Paraíso.
> O pensamento é um instrumento secretamente difundido...
> ... O fim volta a sua origem...
> Divino... um tesouro escondido entre ouriços... Agarre a urtiga e sinta a dor do significado à medida que sangra...
> ... picada de um áspide.
> Amedée de Jois compreendia...
> ....
> ... nada terrível em não viver.

Como Marcabru e o abade Fyot devem ter conversado! O que quer que o bom abade tenha dito, o exame mais superficial de suas observações indicava que ele fora um homem culto. Sua observação final, dirigida à memória de Amedée de Jois, levava a crer que tinha estudado bem o seu Epicuro, já que eu conhecia aquelas palavras de cor.

Quanto mais eu estudava o rolo da morte, mais o considerava como um documento inspirado. Ainda que muitos correspondentes usassem a Bíblia para embasar o que diziam, muitos eram encorajados por seu encontro com Marcabru a serem mais ousados. A morte que ele queria celebrar agira como um catalisador, provocando uma ênfase renovada sobre o pensamento individual. Obviamente aquela gente era desafiada por suas próprias tentativas de desencorajar Marcabru a continuar seus afetos prolongados com remorso.

Além de ser a residência do abade Fyot, Figeac era também o lar de uma língua esquecida. Meu guia informou-me que aquela réplica da Pedra de Rosetta, esculpida em granito negro do Zimbábue pelos americanos em 1990, jazia no pátio da praça das Escrituras, rodeada por um conjunto de construções medievais. Fora ali que o grande orientalista Jean-François Champollion nascera, em 1790, e onde ele dedicou sua vida a decifrar os hieróglifos egípcios. Em um museu que abriga a réplica da Pedra de Rosetta, na praça, outros documentos pertinentes ao trabalho de Champollion podem ser vistos, inclusive um vaso canopo contendo entranhas humanas, uma tábua de escriba, considerada um item indispensável dos equipamentos mortuários, e enfeites da indumentária de uma múmia.

Não pude deixar de lembrar das observações fragmentadas do abade Fyot no rolo da morte, ao pensar na difícil pesquisa conduzida por Champollion. Esses dois homens foram obcecados com a expressão e a relutância das frases em revelarem seu significado original. Decidi que a visita ao museu era obrigatória. Champollion poderia ajudar a superar a frustração com o silêncio de Marcabru.

Não havia ninguém por ali quando cruzei o portão em arco da praça das Escrituras. Encravado nos paralelepípedos estava um enorme bloco de granito negro com quase dezesseis metros de comprimento e pelo menos a metade de largura, com os caracteres da Pedra de Rosetta cinzeladas na sua superfície. Quase tropecei em uma de suas quinas salientes ao entrar no pátio. Pronto! pensei. Sempre tropecei no significado das palavras durante toda a minha vida, e agora consegui fazê-lo fisicamente também. Sentindo-me meio estúpido, limpei meus sapatos na parte de trás da calça.

— Tenho de mandar ver esta quina — uma voz masculina se dirigiu a mim vinda da porta no fundo do pátio.

Ele usava uma boina, um lenço frouxo amarrado displicentemente em volta do pescoço e uma camisa pólo azul. Sua face bem barbeada tinha um ar meio pegajoso.

— Eu não estava olhando por onde andava — repliquei.

— O mesmo pode ser dito por todos nós. Imersos como estamos em nossos próprios pensamentos, freqüentemente não nos damos conta de onde nos levam, apenas por ignorarmos seus sinais.

Expressei minha perplexidade com sua observação.

— Ah, *monsieur*, por favor desculpe-me. Permita que eu me apresente. Sou o zelador do museu. Vivo no reino da palavra durante a estação do verão. — Ele soltou uma risada curta, sua brevidade mais evidente do que o seu som. — Imagine contemplar uma enorme pedra negra escrita em três línguas extintas, cada uma mais intraduzível do que a outra. Às vezes me pergunto como *M.* Champollion sobreviveu a essa provação, decifrando cada hieróglifo e comparando-o a esses textos paralelos que aqui vemos. "Simbólico versus fonético", costumava murmurar. O que vem primeiro? O pensamento ou a palavra? O ovo ou a galinha, digo eu. É uma pergunta que nenhum de nós pode responder e, assim, o mistério permanece.

— Sabe o que diz a Pedra?

— É um edital do governo escrito na época dos Ptolomeus, que reinaram entre 332 e 80 a.C. Grande parte dele diz respeito à segurança dos templos e aos impostos sobre grãos destinados a cada um. Pode-se dizer que se trata de um antigo exemplo de linguagem comercial. Não há nada ali que sugira invocação mágica ou oração pelos mortos.

— A linguagem dos deuses, o senhor quer dizer.

— A não ser que a cota de Deus em vinhedos e árvores frutíferas possa ser interpretada como tal.

— *Monsieur* — eu disse —, talvez possa ajudar-me.

Expliquei-lhe meu interesse em Marcabru e no seu rolo da morte. Sentia necessidade de desabafar e os modos do zelador fizeram-me suspeitar que havia encontrado um semelhante. Ele tomava conta das palavras que tinham perdido seu significado enquanto eu tentava reviver seu significado antes que fosse tarde.

— O silêncio de um poeta é um assunto complexo — replicou o zelador. — Pode estar respondendo a estímulos além do alcance das pessoas comuns. A poesia é importante para o mundo, não somente por que lhe dá uma expressão, mas também no sentido em que o renova. Transforma-nos de um modo que o pensamento comum não pode fazê-lo.

— Esta deve ser a razão pela qual Champollion foi inspirado a traduzir a Pedra de Rosetta — propus. — Ele pode ter suspeitado que esse novo caminho repousava nas imagens simbólicas descartadas por uma cultura antiga. O hieróglifo, afinal, é uma imagem poderosa.

— Por exemplo, onde a Pedra diz "esses deuses-que-amam-seu-pai encarregam-se de grande parte do serviço dos templos do Egito", sentimos o contínuo poder encantatório. Hoje nós não reconhecemos mais o poder da linguagem desse modo.

— Marcabru experimentou também uma grande perda e por isso silenciou — repliquei. — Uma vez que o poder do *fin' amors* havia declinado, sua habilidade em compor morreu com ele. Parece que, para ele, o *fin' amors* encontrara seu alvo em Amedée de Jois. Quando ela morreu, morreu também sua habilidade para criar.

— Pelo que o senhor me disse, a habilidade de Marcabru para cantar era ligada a um ideal. Enquanto ele adorasse Amedée de Jois seria capaz de celebrar o espírito do amor distante. Mas quando ela morre — ah, sabemos o que aconteceu a Jaufré Rudel e a condessa de Tripoli. Sua morte levou-a a tomar véu, deve lembrar-se. Sua vida mudou tão logo ela aceitou a morte de Rudel como uma expressão do seu amor. Amor e morte se misturaram, assim como a luz e a gravidade estão entrelaçadas.

— É difícil acompanhar seu pensamento — fui obrigado a admitir.

— Normalmente nós olhamos a gravidade e a luz como mutuamente exclusivas. Elas não são, realmente. A gravidade é o ato de pesar, de retirar a leveza. A luz, por outro lado, clareia e revela o caminho em direção à leveza. Estão ligadas uma à outra, ocultamento e revelação, obscuridade e amplidão, escuridão e iluminação. Este é o princípio que fundamenta o *fin' amors* — gravidade e luz são inclusivas, em vez de serem opostas uma à outra.

— O senhor está dizendo que amor e morte são inseparáveis?

— Temos trabalhado por um longo tempo sob a crença errônea de que no amor ou na morte nos distanciamos — continuou o zelador. — Para os antigos egípcios, fazer a transição da vida para a morte era um ato poético, não algo puramente físico. Lembra-se do *Livro dos mortos*, e aqueles intermináveis hieróglifos nas paredes das tumbas dos faraós? O corpo, o senhor vê, pode ser transportado para uma sobrevida apenas numa carruagem de palavras. Esta é a razão pela qual uma palheta de escriba era sempre colocada entre os equipamentos funerários: ajudaria o morto a transcrever sua jornada para o além.

A descrição que o zelador fizera do amor e da morte levou-me a reconsiderar o silêncio de Marcabru ante a morte de Amedée de Jois. Seu silêncio era afirmativo, um tributo a ela, mais do que ser meramente elegíaco. Do mesmo modo, o bloco de basalto negro no pátio, que encerrara por tanto tempo os segredos da linguagem, finalmente somou forças com a iluminação de Champollion. Entre ambos eles revelaram a possibilidade de uma relação inquebrantável com o mundo.

Jantando sozinho naquela noite em um café local e ruminando sobre um copo de Armagnac enquanto a mesa era tirada, decidi voltar à praça das Escrituras para mais uma olhada na Pedra de Rosetta. A embriaguez provavelmente afetou meu estado mental, mas eu estava sóbrio bastante para lembrar o caminho de volta até o pátio. O frio noturno aguçou meus sentidos e eu notei quão luminosa a noite parecia.

A praça estava no escuro, exceto pela pálida luz da lua. Segui o caminho até o centro da Pedra de Rosetta, alerta por estar andando numa pedreira de palavras. A escuridão me envolvia, e as letras de três antigas línguas embaixo de mim faziam meus pés formigarem. Os hieróglifos começaram a convergir para mim então, e eu quis de todo modo libertar-me. Desejava, ao menos uma vez, dissociar-me do significado das palavras. Mas, lembrando-me de uma das observações do abade Fyot, concluí que aquilo era impossível: o olho interno *está* sempre procurando descobrir o quente perfume do paraíso.

Com o gosto do Armagnac ainda nos lábios, perguntei-me se Marcabru teria dado as costas à palavra. Talvez ele tivesse buscado a morte na luz perfurante de sua ausência. O que quer que tenha ocorrido tantos anos atrás, ele me deixou com essa charada não resolvida.

14

NASCIDO DE DOIS DESEJOS

PARA ONDE ESSA JORNADA LEVAVA? Sobrecarregado pelo peso do rolo da morte eu me tornara um animal de carga, levando o que outros tinham jogado fora. Aquilo começava a me abater: ansiava por me libertar daquela peregrinação de ocultamento e revelação. Pronto! Mais uma vez a gravidade! O zelador que cuidava da réplica da Pedra de Rosetta estava certo: eu me recusava a admitir como a leveza e a revelação poderiam ser aliadas.

Seriam esses valores os de Marcabru quando opunha a forma fragmentada (*frait*) ao pensamento integrado (*entiers*)? Certamente ele se empenhava em alcançar um alto tom moral em sua poesia. Cores, objetos, árvores, plantas, animais, insetos e pássaros — tudo isso era usado como símbolos para ocultar mais do que revelar. Esta era a essência do "estilo fechado" pelo qual ele era conhecido.

Seus poemas eram como hieróglifos. Relendo um deles

que eu trazia em minha mochila, era evidente que Marcabru vira a natureza lançando uma rede sobre mentes receptivas:

A folha se contorce e eu a vejo cair
Do topo da árvore, e o vento
A arranca em queda vertiginosa,
Então eu avalio o amargor do inverno
Mais do que o verão cheio de quentes recursos
Que é parente da devassidão
E dos caminhos do desejo.

O pica-pau e o rouxinol
Transformam sua canção em silêncio,
Como fazem o gaio e o papafigo, no
Surgir dos prazeres do inverno;
Enquanto o orgulho estival rareia
Suas garras nas caras dos rufiões
Quando os jogam por terra
Numa vala cheia de queixas.

O inverno é uma estação casta. Retira o prazer dos pássaros que silencia — aqueles pássaros cujo trinado estridente e plumas brilhantes são o reflexo das conversas e dos amores banais do verão. O orgulho, com seu selvagem sorriso estival, é também posto abaixo pelas recriminações do inverno. Arrogância, tentação e contrariedade são varridas pela natureza.

O rolo da morte de Marcabru era uma celebração da escuridão, do segredo, do lado nebuloso de Amedée de Jois. Quem quer que ela fosse, esta mulher provera Marcabru com um novo sentido de si mesmo. Ao abandonar a vida, ela escolhera transformar a concepção que ele tinha do amor.

Tal gesto não seria tão irracional se Amedée tivesse, de fato, descoberto por si própria o que estava por trás do *fin' amors*. Marcabru mostrou isso em um poema que sugere que ela não era deste mundo — que o amor nascido de "dois desejos" lhe era mais precioso do que a própria vida:

O casal de amantes, tão adequados,
Que não se opunham um ao outro
Em sua viagem, com o amor
A seu lado, são prova clara
De um desejo nascido de dois desejos
E confiando que este é seguro, branco,
Precioso, verdadeiro e puro.

Teria eu falhado em reconhecer algo importante em minha investigação sobre Marcabru — isto é, que o amor era parte intrínseca do rolo da morte? Sabendo que nossa idéia moderna de amor é tingida pela emoção, tive de ser cuidadoso para não projetar tal visão sobre as de Marcabru e sua época. Só entre poetas, ele tentara definir *fin' amors* como um valor filosófico em um de seus poemas:

Aquele que é escolhido pelo *fin' amors*
Vive uma vida feliz, cortês e sábia,
Enquanto aquele que ele rejeita, é refutado
E condenado à destruição.
Se um homem desdenha o *fin' amors*
Torna-se um tolo, boquiaberto
Diante da ilusão, e totalmente enganado
Pela estupidez de seu pensamento.

Uma mente lúcida e uma conduta louvável eram mais apropriadas para amar do que o mero excitamento físico. O rolo da morte, cujo tema residia em rememorar Amedée de Jois, era profundamente imbuído de idéias acima do pessoal. Marcabru pedira a todos que encontrou que escrevessem seus pensamentos na esperança de que eles trouxessem novas inspirações.

Já estando na metade de minha jornada, senti que viajava em direção a algo ainda não expresso. A morte de uma mulher e o silêncio de um poeta circunscreviam todas as minhas ações. Eu me enredara em sua solidão e não podia mais escapar das exigências que haviam feito um ao outro, nem as daqueles que haviam sido convocados a contribuir para o rolo da morte.

15

CONFLITOS E RELICÁRIOS

ALBI É A ÚNICA CIDADE NA EUROPA que tem seu nome diretamente ligado à heresia. A Igreja apelidou a doutrina dualista cátara de "a heresia albinense" no começo do século XIII, atraindo assim, para aquela cidade cor-de-rosa, a condenação pelo passado. Pode ser que Albi personificasse um espírito passivo da anarquia política, social e espiritual que fez o resto da Europa sentir-se inquieto. Como em outros lugares da Aquitânia, uma mesquita, uma sinagoga, um lugar de adoração herética e uma igreja cristã podiam existir lado a lado.

Esse pluralismo tornou possível que um professor mouro e um oficial judeu da Corte se engajassem em uma conversa civilizada. Mulheres como a Perfeita Esclarmonde eram livres para freqüentar a corte e debater teologia com inquisidores do Norte e não se sentir desvalorizadas. Esta sociedade sofisticada e cosmopolita refinara a sexualidade a ponto da castidade (*castitatz*) significar mais do que abstinência física. Ela, então, incluía o controle e a organização do desejo sexual.

Esse doce sofrimento era derivado dos poetas árabes da Espanha, homens como Ibn Hazm e Ibn Dā'ūd, que propuseram o conceito do amor profano no começo do século XI. A prática do amor casto (*al-hawa al-'udri*), implicando em renúncia, era considerado como sinal de bom caráter num homem. O trovador Guilhem de Montanhagol, que lutara na Espanha e que era profundamente influenciado pelos poetas mouros, escreveu que o amor surge da castidade mais do que da paixão. Para Guilhem, uma dama era concebida por Deus:

Estou persuadido e convencido
Que do céu sua beleza veio,
À criação do Paraíso ela se parece
E sua graça dificilmente é deste mundo.

Esta idéia foi retomada mais tarde por Andreas Capellanus em seu tratado *De amore*, escrito em 1186, a pedido de Marie de Champagne. *Amor purus*, ele escreveu, em oposição a *amor mixtus*, "consiste na contemplação da mente e do afeto do coração: vai até o beijo e o abraço e o contato modesto com o amante desnudo... Este amor se distingue por ser de tamanha virtude que dele surge toda a excelência de caráter, nenhuma injúria dele pode advir e nele Deus vê muito pouca ofensa. Nenhuma donzela pode ser corrompida por tal amor, nem pode uma viúva ou esposa receber nenhuma ofensa ou sofrer qualquer injúria à sua reputação."

Os nobres de Albi acreditavam na capacidade humana de procurar e encontrar a felicidade. A tensão entre o sensual e o espiritual, que poetas como Marcabru e Montanhagol tentavam solucionar em seus trabalhos, finalmente sucumbiu à rejeição cristã do carnal. Quando isso ocorreu, o *fin' amors* foi consumido pelos fogos da Inquisição e pelos exércitos de Simon de Montfort, causando devastação com suas espadas.

Seria Albi o homem são e o resto da França a cidade enlouquecida que o poeta Piere Cardinal se referia em sua famosa fábula?

> Existe uma certa cidade, não sei onde, sobre a qual caiu uma chuva de tal natureza que fez com que todos os habitantes perdessem a razão. Todos perderam a razão, exceto um, que escapou porque dormia em sua casa quando a chuva veio. Quando acordou, levantou-se: a chuva havia cessado e ele saiu em meio às pessoas que cometiam sandices. Um estava vestido, outro nu, outro cuspia para o céu. Alguns jogavam paus e pedras, rasgando suas vestes, puxando, empurrando... O homem são estava profundamente surpreso e percebeu que estavam loucos; não podia encontrar um único homem que estivesse de posse dos sentidos... Ainda maior era a surpresa deles ao ver que ele não seguia seus exemplos e concluíram que ele perdera a razão... Então um empurrou-o pela frente, outro por trás. Ele foi jogado no chão e esmagado debaixo dos pés... Afinal, fugiu para casa coberto de lama, machucado, semimorto e grato por ter escapado.

Marcabru deve ter-se sentido como o único homem são que restava no mundo quando chegou a Albi com o rolo da morte nos ombros. O grande conflito de sua época poderia ser reduzido a uma única premissa: o mal, como acreditavam os cátaros, existiria por si mesmo? Ou não seria nada além de uma derivação do bem, a mais remota das ilusões, como tão fervorosamente pregavam os teólogos desde Agostinho? De qualquer modo, a Aquitânia estava dividida entre aqueles que rejeitavam um ou outro desses pontos de vista. Convivendo com tal paradoxo, Marcabru decidiu dedicar sua vida à defesa de algo claramente insolúvel.

Como um *capucié* (encapuzado), ou um membro de uma sociedade secreta conhecida como Irmãos da Paz, que percorria os campos na tentativa de conter o banditismo, ele viajou pelas estradas secundárias da Aquitânia procurando desenterrar toda a crueza da expressão, tendo como única arma a arte sutil da poesia. Era o suficiente para que ele soubesse que alguns homens, secretamente, ansiavam por testar sua resistência contra seu desejo.

> "Em nosso adorado mosteiro" — escreveu um monge da Abadia Saint-Foy da Conquista — "existe uma pequena estátua de nosso santo. É construída por muitos pedaços: a cabeça veio de Roma, os braços são do tempo de Carlos Magno e o torso da época de Clóvis, rei dos francos. É adornada com esmaltes, cabuchos e pedras preciosas de um período mais recente. Este relicário sagrado tem a participação de todas as épocas, ultrapassando o tempo, superando até mesmo a angústia de Nosso Senhor com seu entalhe de cristal esculpido. Simplesmente, Marcabru, poeta dos poderes, no qual qualquer entalhe é pecado, permite que a incoerência suplante o sofrimento."
>
> "E mais" — escreveu o irmão laico Giraldo, que lera a epístola anterior. — "Também possuímos a inicial 'A',

doada à Abadia pelo próprio Carlos Magno. É um pedaço da Verdadeira Cruz na qual Nosso Senhor foi crucificado e está guardada em um relicário decorado em prata cinzelada e banhado a ouro. 'Alpha' é a primeira letra do alfabeto e um sinal do poder da palavra para todos nós. Tu, Marcabru, também és um relicário da Palavra. Alpha e Ômega, a primeira e a última, as únicas que tu és capaz de decifrar. A morte da boa Amedée não é o fim. Compromete-te com o início, com o 'A', assim como com o final. Lá tu descobrirás a recompensa da humanidade."

O abade Hincmar, de Saint-Foy, escreveu os seguintes versos:

"Ninguém entende as profundidades
Nas quais a mente deve mergulhar
Antes de se deslocar. O insano Cosset,
Uma vida sem contraste; então,
Arranca de suas faces aquela máscara
De paradoxo que tudo esconde.
Mistério, toda prudência e límpido conflito.
Apaga a expressão de teu olhar:
Mergulha ainda no poço sem fundo
No qual a Vontade submerge e depois ascende."

Assim entrei em Albi. O rolo da morte transformara-se em uma carroça na primavera, enfeitada com flores que eram as guirlandas de homens fascinados pela beleza e pela possibilidade das palavras.

16

AMIZADE BRANCA

EU ME SENTIA INDISPOSTO QUANDO me registrei no hotel que dava para o rio Tarn, em Albi. O almoço tinha sido leve naquele dia e não havia razão para creditar o mal-estar que sentia a algo que eu tivesse comido.

Determinado a não dar importância àquilo, sentei-me junto à janela e observei o sol aquecendo os muros da catedral do outro lado do rio. Parecia que Santa Cecília estava tão afogueada quanto eu.

Aquela era uma cidade de lembranças dolorosas e profundas. Seus filhos mais ilustres eram o marinheiro Jean-François de Lapéruse, que atravessara o Pacífico em 1780, e o artista Henri de Toulouse-Lautrec. Ambos morreram cedo. Sabendo que sua história era firmemente ligada ao catarismo, à queima de hereges em praça pública e às guerras, comecei a pensar se algumas cidades não seriam levadas à ruína por suas melhores intenções. Eu sabia que a catedral de Santa Cecília tinha sido construída com o objetivo de redimir as angústias do passado.

Uma pergunta estava encravada nas pedras de Albi: "De onde vem o Mal, e em quê ele existe?" — escrevera Tertuliano, evocando o antigo enigma da existência. Inúmeros moradores daquela cidade haviam se perguntado a mesma coisa e respondido cada qual à sua maneira. O mal existia e o mundo era o território do Diabo. O homem, como ser físico, estava condenado a permanecer no mundo, enquanto sua alma, se pudesse desembaraçar-se do físico, poderia ascender ao mundo celestial. Bem e Mal eram espíritos unidos em um combate mortal dentro do corpo.

O homem tinha uma escolha simples: purificar-se ou condenar sua alma a uma existência terrena até que se libertasse. Este ato de metempsicose, onde a migração da alma de um corpo para outro ocorre através dos tempos, terminava, finalmente, com sua libertação no mundo celestial através de um ato de penitência. Permitir-se a atividade sexual, portanto, era prolongar um relacionamento problemático com a terra. Manter-se casto ajudava o espírito em sua jornada para o mundo celestial. Aceitar a existência de Satã tornava possível, então, entender o inimigo — um assunto que estava perdido para os que se opunham aos cátaros.

O gnosticismo era tão antigo quanto o Oriente. Não passava desapercebido de Roma o fato de que havia, de alguma forma, se unido à Cristandade e que avançava, lenta e tortuosamente, no âmago do pensamento cristão. Homens como São Domingos argumentavam contra os efeitos perniciosos do pensamento gnóstico, esquecendo-se, talvez, que um de seus mais célebres seguidores, Santo Agostinho, confessara certa vez ser maniqueísta. O dualismo, na concepção da Igreja Católica, era mais destrutivo do que a peste.

Sentindo-me ainda indisposto, resolvi consultar um médico. A recepção do hotel gentilmente deu-me o endereço de um clínico e chamou o táxi. Atravessei a velha ponte sobre o rio Tarn e percorri ruas secundárias até um endereço atrás do claustro de Saint-Salvy. Encontrando o consultório, sentei-me para aguardar minha consulta.

— Ah, *monsieur*, entre — convidou o doutor, um homem de cerca de cinqüenta anos, com as unhas das mãos muito bem manicuradas. Sua cabeça, ainda que grande e aparentemente desajeitada, conseguia transmitir uma sensação de prudência e comedimento.

O consultório era decorado com madeira entalhada e tinha uma aparência medieval. Gravuras pendiam das paredes, retratando cenas típicas albienses. Passei os olhos por elas rapidamente, só me detendo quando percebi o desenho de uma mulher amarrada a uma estaca no meio de uma pira funerária. Obviamente aquela mulher tinha sido uma cátara, uma Perfeita, talvez, que fora condenada à morte. Diante do seu sofrimento, o que quer que eu sentia passou momentaneamente.

— Uma desgraça na nossa história — observou o doutor, percebendo meu interesse nas gravuras. — Nós vivemos à sombra desse holocausto, mesmo hoje.

Não respondi, contentando-me em permitir que o médico me examinasse sem interrupção. Auscultou-me, cutucou meu estômago e tomou meu pulso. Depois de algumas perguntas sobre as razões de eu estar na Aquitânia, às quais respondi detalhadamente, ele finalmente deu sua opinião.

— *Monsieur* — disse ele —, o senhor é um estrangeiro

aventurando-se em uma terra trágica. Nós que vivemos aqui estamos familiarizados com os efeitos do passado. Estamos imunizados contra seus sintomas. O senhor, por outro lado, não tem resistência.

— Presumo que não haja nada organicamente errado comigo — respondi.

— O passado pode ser uma condição mental, *monsieur*. Quando está cheio de sofrimentos, angústias e outros estados do coração, então irá afetar sua saúde geral. Seu encontro com Marcabru e com a morte do *fin' amors*, afetou-o mais do que supõe. Não quero dizer no sentido psicológico, absolutamente. Isso teria sido um prognóstico muito superficial. O objeto da crença — ou devo dizer esse conflito entre crenças — pode ter estimulado no senhor um encontro com a dúvida. Não digo isto levianamente.

— O dualismo é uma poção envenenada — continuou. — Ele inflamou gerações de homens e mulheres para um instinto pela perfeição, mas a um preço considerável. Nossa terra foi destroçada pela intolerância, o que desferiu um golpe mortal nos cátaros. Morreram por acreditarem fervorosamente demais em escapar das limitações de seus corpos.

— O senhor tem uma idéia, então, de como Amedée de Jois pode ter encontrado a morte — aventurei-me, sentindo a fraqueza começar a melhorar.

— Amedée de Jois era prima de Esclarmonde, uma das Perfeitas mais famosas da Aquitânia. E recebeu influência desta. O senhor já ouviu falar de uma cerimônia chamada *endura*? — perguntou o doutor.

— Não — admiti.

— Era praticada pelas Perfeitas que desejavam deixar a vida e com isso alcançar o reino celestial, sem voltar a serem envolvidas por problemas novamente. *Endura* é um ato suicida, mais freqüentemente perpetrado pela inanição. Era a expressão final da doutrina cátara: o corpo era destruído para que a alma fosse libertada.

— Mas sabemos que Amedée de Jois morreu como freira em São Martinho. Até onde sei, ela nunca abraçou as crenças cátaras.

— É verdade, ela morreu com seu hábito de religiosa. Mas havia uma tradição que dizia que sob o seu hábito, após sua morte, achou-se um cinturão que normalmente era usado pelas Perfeitas.

— O que o senhor está sugerindo?

— Não estou sugerindo nada, *monsieur*. Apenas desejo salientar que o conflito de nossa pequena nação pode ser representado por Amedée de Jois. Sua crença em Deus, no sentido cristão, competia com seu desejo pela perfeição. Uma ambição fútil e uma das que têm atormentado nosso povo de Oc desde que essas idéias gnósticas entraram em nosso território por intermédio das rotas de comércio vindas do Leste.

— Os médicos não eram parcialmente culpados por essa difusão? — lembrei-lhe.

— Como o senhor diz, membros de minha profissão eram apologistas das crenças dualistas. Eram conhecidos por terem convertido muitos lares nobres. No entanto, eles eram mais uns carregadores de sanguessugas do que médicos, como entendemos hoje em dia. Tinham habilidade em sugar das pessoas o que os sustentava.

— Suas crenças, com certeza.

— Não, não. O que as mantinha vivas.

Ambos rimos.

Meus pensamentos voltaram-se para as circunstâncias que cercavam a morte de Amedée de Jois. Se ela tinha sido freira, e também participara da cerimônia herege conhecida como *endura*, então o que poderia tê-la levado a tal impasse?

Eu sabia que esta questão seria resolvida se eu entendesse o silêncio de Marcabru. Obviamente, ele estivera ciente desses contrastes da natureza de sua amada. Mesmo se as afirmações do doutor estivessem incorretas, não era difícil imaginá-la sucumbindo à controvérsia religiosa de seu tempo. Ela bem podia ter desejado atingir a perfeição em sua vida e, paradoxalmente, sabido que não havia outro caminho a não ser a morte.

A escolha deve ter sido bem mais simples. Amedée de Jois pode ter morrido por não acreditar mais no poder da palavra para expressar seus desejos mais profundos. Controvérsia e argumento, disputa teológica e injúrias heréticas, tudo isso tornou difícil discernir a verdade. Em vez de tornarem as coisas claras para ela, as palavras podem ter criado, mais do que uma ponte, um fosso de mal-entendidos.

Teria sido amor o que ela almejara e perdera? Ela, objeto do *fin' amors*, pode ter finalmente sucumbido a uma paixão perdida. A doutrina cátara de desencantamento pelo físico pode ter destruído a relação dela com seu corpo e assim, destruído seu amor por Marcabru. Mais ainda, seus sentimentos por Marcabru podem ter sido vítimas do desejo de Amedée em atingir a perfeição.

— Já que o senhor é meu último paciente hoje — a voz do médico interrompeu meus pensamentos —, vamos dar uma volta pelo claustro de Saint-Salvy. Depois do cansaço do trabalho, eu muitas vezes me sento nos seus jardins e permito que as pedras falem.

Eu concordei e juntos andamos pelas vielas em direção ao claustro. Meu mal-estar havia acabado completamente e eu me sentia bem de novo.

— Quero lhe mostrar uma coisa — comentou o doutor ao entrarmos no claustro.

Poucas pessoas estavam por ali, lendo jornais ou admirando os capitéis em ruínas. O doutor apontou duas esculturas em um dos capitéis — um homem e uma mulher, os braços em torno um do outro, como em um abraço.

— Digo a mim mesmo que essas duas figuras representam Marcabru, o poeta, e seu *fin' amors*, Amedée de Jois — acrescentou ele.

— Parece que seus rostos foram apagados — digo, notando as faces lisas. — Como pode identificá-los?

— Como médico, estou acostumado a diagnosticar doenças. Minha tarefa é investigar por baixo da superfície. Essas esculturas não revelaram sua identidade porque existem poucos que estão preparados para imaginar quem são. O senhor vê, *monsieur*, e eu o incluo na minha afirmação, alguns de nós nos dedicamos à tarefa de imaginar o que não está lá. Escolhemos investir na sua ausência algo de nós mesmos. Desse modo, somos capazes de afastar de nós mesmos quem somos, como Marcabru e Amedée de Jois. Eles escolheram ouvir mais as vozes que sussurravam seu destino do que ouvir seus desejos.

— Eles fizeram um pacto?

— De certa forma, sim.

— De amizade branca — eu consegui dizer, recordando algumas palavras que ouvira em um dos poemas de Marcabru.

— Amizade branca? — o doutor levantou as sobrancelhas. — Eu nunca ouvi falar dessa expressão.

Recitei algumas linhas no original provençal do poema de Marcabru:

Non puosc dompnas trobar gair
Que blanch' armistatz no.i vaire
A presen o a saubuda
N'aja vergoigna perduda
Si que la meins afrontada
N'a laissat cazer un caire.

"Raramente acho damas
Que a branca amizade não sujaram,
Ou todo sentido de modéstia não perderam
Secretamente ou de alguma outra forma.
A menos impudente delas
Não deixou cair seu véu."

— Notável — observou o médico. — A amizade branca pode ter sido seu ideal e, com certeza, a razão de seu pacto. Nem na morte poderiam ser separados.

Contemplei o relevo entalhado dos amantes sem face. Eles pareciam tão harmonizados. A ausência de qualquer expressão, todavia, não podia apagar meu sentimento de simpatia por seu sofrimento. A intimidade era seu emblema enquanto se esforçavam para resolver o que seria sua desavença mais sentida. Sua separação de fato os unia de forma mais completa do que se tivessem estado juntos, amantes para os quais a morte não passasse de uma perspectiva distante.

— *Monsieur le docteur* — respondi. — Preciso agradecer-lhe por seu conselho médico. Parece que o que quer que eu tenha sentido já passou. Sinto-me um novo homem.

— Isso é problemático para qualquer um de nós. Até os cátaros aprenderam, à própria custa, que a perfeição pode ser uma condição ilusória — quase, devo dizer, uma doença.

Sobre nós, os amantes quase tocavam um no outro enquanto se abraçavam. Pela primeira vez, comecei a imaginar uma certa presença física em seus rostos. Em Amedée de Jois, eu vi que os ossos de sua face eram finos — sim, e olhos nos quais o mundo resplandecia. Na fronte de Marcabru, entretanto, notei apenas feridas.

17

EM MEIO ÀS RUÍNAS

QUANTO MAIS EU ME AVENTURAVA na velha terra de Oc, mais percebia que a jornada estava me modificando. Com certeza, descobrir por que Marcabru jogara o rolo da morte no rio continuava a ser meu primeiro objetivo. Mas também tinha se tornado uma questão pessoal desde que eu me tornei consciente de minha própria relação com os fatos à medida que eles se revelavam para mim. A Aquitânia tornou-se uma terra de perguntas — tanto para mim quanto o fora para Marcabru.

Os conceitos de amor, bem, mal, todos esses convergiam. Nenhuma palavra poderia possivelmente expressar o que realmente significavam. Aqueles que defendiam a perfeição e aqueles que a condenavam como heresia, estavam tentando achar palavras para dizer o que não poderia ser dito. O doutor estava certo: a verdade era uma doença. Marcabru e eu fazíamos parte do mesmo conflito: abandonar essa jornada de reconquista ou ir em frente?

Eu estava viajando através de um antigo e insolúvel dilema, enquanto as andanças de um poeta sofrido haviam começado a refletir um povo que estava fora de sintonia com a vida. Crenças opostas inflamaram as pessoas a escalarem novas alturas e a embarcarem em novas tentativas. Tragicamente, para a Aquitânia, a velha ordem triunfara.

Simon de Montfort lutou numa prolongada e amarga campanha contra os cátaros durante os primeiros anos do século XIII. Ele não fazia prisioneiros. A morte na fogueira de tantos Perfeitos, a destruição de cidades e vilarejos, a perseguição de homens no exílio na Lombardia e mais longe, na Bulgária, deixou não somente a destruição na terra do Oc, mas também a profanação da *joie* tão essencial à sua alma.

Durante sua vida, Marcabru cantou louvores à *joie* desde a corte de Castela aos salões de Guiana, exaltando-a onde quer que fosse. Sua jornada era de aquiescência interior, enquanto vagava pelas estradas secundárias da poesia à procura de sua essência. No cerne de sua busca, parece, estava sua crença na *joie* como um ato de enriquecimento de vida mais do que a expressão de alguma tentativa piedosa gerada pela crença formal ou pelo dogma.

Sua jornada através da Aquitânia com o rolo da morte não fora diferente. Em Guilhem-le-Désert — um mosteiro construído na nascente de dois rios indômitos que formavam uma ravina — um pedaço da Verdadeira Cruz encontrado na igreja influenciara certamente as observações feitas por seu abade, Foulques.

O patrono do mosteiro, Guilhem, neto de Charles Martel e amigo de infância de Carlos Magno, tornou-se mais tarde um dos mais capazes oficiais do imperador. Ele venceu inúmeras batalhas em Nîmes, Orange e Narbonne, antes de derrotar os sarracenos em Barcelona. No seu retorno à França, ao saber da morte de sua adorada esposa, resolveu dedicar-se a uma vida de solidão.

Carlos Magno deu de presente um pedaço da Verdadeira Cruz para o seu grande amigo por sua lealdade e apoio. Guilhem acabou por retirar-se para o vale Gellone, onde construiu o mosteiro. Morreu lá em 812, no "odor da santidade", conforme as crônicas relatam.

No rolo da morte, Abeé Foulques escrevera:

> "Nossa abadia foi construída por um santo guerreiro, o único santo Guilhem. Foi ele quem levantou sua espada a serviço da Palavra. A defesa da Verdadeira Cruz e tudo que ela representa é parte de sua crença. Solidão, e as águas claras desta ravina, são a armadura de que precisamos para afastar o demônio. Este se esconde sob os hábitos e nas entranhas cavernosas da heresia. Os homens devem abraçar a Verdadeira Fé para resistirem aos exércitos infiéis, mascarados, como são, pelas palavras dos *cathari*.
>
> "Marcabru, a morte de tua bem-amada foi maculada. São os pregos do Calvário, perfurando tua carne com o pesado êxtase do arrependimento. Teu declínio é iminente: permite que teu corpo seja banhado em mirra cujo perfume recende a mel e rosas. Nós, em Saint-Guilhem, desejamos-te o bem."

A beata Marie, abadessa do convento de Saint-Enimie, construído entre os antigos terraços de pedras da Garganta do Tarn, onde vinhas, amendoeiras, cerejeiras e pessegueiros ainda são cultivados, escreveu sentimentos que podem ter tido origem também na memória do fundador da sua ordem.

Santa Enimie, ao que parece, era uma princesa merovíngia que rejeitou todas as propostas de casamento, preferindo dedicar-se a Deus. Apesar disso, seu pai, o rei, prometeu-a a um de seus barões. A jovem imediatamente contraiu lepra e seu pretendente a abandonou. Um dia, em um sonho, um anjo ordenou a Enimie que fosse para Gévaudan, onde uma fonte a curaria e ela voltaria à sua antiga beleza. Na fonte de Burie, ela mergulhou e miraculosamente se curou. Assim que ela deixou o vale, no entanto, os sintomas de sua doença voltaram. Vendo aquilo como um sinal de Deus, Enimie decidiu retirar-se para uma caverna e viver uma vida solitária. Morreu em 628 e foi enterrada em um relicário de prata fina, que tornou-se objeto de peregrinação. Muitos milagres são associados a seu nome.

No rolo da morte, a beata Marie escreveu:

> "Louvamos a memória dela, que renunciou ao amor pelo Amor. Nenhum relicário é tão brilhante o suficiente para guardar seus ossos. Os portões dos ossários de angústia se abriram prontamente para recebê-la. Nós, que permanecemos nesta vida, almas simples em que o pecado salta como um esquilo na primavera — tecemos laudas em sua honra. Lembramo-nos que ela, prima do arcipreste da heresia, renunciou a Tudo em vez de comprometer sua lealdade com os vivos ou com os mortos.
>
> "Poeta, viajante entre mundos, considera a morte dela como uma dádiva. O martírio de Amedée de Jois repousa como um diadema santo sobre a fronte de todos nós."

Ou Etienne de Muret, fundador do priorado de Combe-roumal, um eremita austero que renunciara a todos os seus bens e retirara-se para a solidão das montanhas. Ali ele construiu um pequeno claustro, sóbrio na arquitetura, e uma igreja com janelas sobre a nave. Dizia-se que a luz flutuava por aquelas janelas como asas de anjos:

Ele escreveu:

No longínquo Egito, em uma caverna
Anthony mostrou-nos o caminho.
Corvos o alimentavam e leões do deserto
Ele domara, certo da recompensa,
Sob os auspícios da solidão.
Com suas caudas farpadas, demônios
Chicotearam-no até sangrar
Lágrimas de louvor no nome
De Nosso Salvador, o Cristo
Cuja Coroa de Espinhos
Deixa cicatrizes em nossas frontes até hoje.

Aquela donzela ouviu Seu chamado
E rendeu-se à Sua mortalha.
A morte no hábito da escuridão
Era pouco conforto no surgir
De sua batalha com o demônio.
Diz-se que a amizade branca
Era seu chamado; eu digo
Um rio de luxúria consumiu-a
Em sua torrente.

Louvor e culpa acompanhavam a memória de Amedée de Jois, onde quer que Marcabru fosse. Percebendo que essa confusão que cercava o mistério de sua morte estava me contaminando, vi-me sozinho, numa tarde de outono, nas ruínas da fortaleza de Minerva, cercada pela região das gargantas áridas. Mais abaixo, os rios Cesse e Briant convergiam. Cavernas pré-históricas alastravam-se pelo leito íngreme do rio e folhas entulhavam o caminho entre as ameias destruídas.

Fora ali, em 1210, que uma das mais dramáticas batalhas da Cruzada Albiense ocorreu. Simon de Monfort, à frente de sete mil homens, montou cerco aos portões daquela fortaleza. Do lado de dentro, numerosos cátaros procuraram refúgio. Após cinco semanas de sítio e com a água acabando, o povo da cidade finalmente se rendeu. Montfort ofereceu-lhes uma escolha: abjurar e ser convertidos ou entregar-se à espada. Naquele dia, cento e oitenta Perfeitas ofereceram-se como mártires à sua causa.

Amedée de Jois escolhera o mesmo caminho. Ela preferira a morte em vez de sofrer a ignomínia de falhar em sua busca. Os altos pinheiros nas cercanias, com seus troncos robustos erguendo-se acima dos muros destroçados, eram uma reminiscência da sua aspiração e do seu sonho de uma vida perfeita. Eles podiam também ter sido o sintoma de sua perda.

Inclinando-me sobre as ameias que elevavam-se acima dos rios, tentei entender o que levara Amedée de Jois e Marcabru a pretender aquela ilusória amizade branca. O que Marcabru desejara ganhar? Era o amor deles falho em algum sentido? Comecei a pensar que cada um deles escondia um segredo que não estava preparado para revelar ao outro.

Uma turista se aproximou enquanto eu me debruçara

sobre as ameias, talvez pensando que meu estado de espírito não fosse dos melhores.

— *Monsieur* — perguntou —, espero francamente que esteja passando bem.

— É claro. Eu estava apenas pensando sobre todas aquelas Perfeitas que morreram aqui em defesa de sua crença — disse eu. — Parece-me uma tragédia tão grande.

— Tantos homens e mulheres bondosos martirizados — penalizou-se a mulher. — Tanto ódio descontrolado! Se Monfort tivesse mais apreço pela vida do que pela ortodoxia religiosa, isso nunca teria acontecido.

— Não devemos jamais esquecer isto — comentei.

Tentei imaginar Marcabru, o rolo da morte nos ombros, um peregrino em meio a assuntos espinhosos, arranhado e sangrando.

— A vida é um dom em si, não aquilo que escolhemos fazer dela — observou a mulher, arrancando uma pinha de uma das árvores e atirando-a na ravina.

18

A CORTE DO INQUISIDOR

CARCASSONNE, ESTA CIDADE DE TORRES e fogos inquisitoriais, nas margens do Aude! Marcabru permanecera alguns dias no interior de seus muros, um convidado dos hereges e um incômodo para os núncios papais, ansiosos por expulsá-los antes que envenenassem toda a França. Ele, um poeta da liberdade e enobrecedor do poder do amor, deve ter olhado para si mesmo como um estranho naquela cidade que seria vítima, mais tarde, do exército de Montfort, em 1209, tornando-se uma das cortes mais notórias do inquisidor no Sul da França.

Passando pelo baluarte conhecido como Porta Narbonesa, entrei na cidade. As palavras de Marcabru arrastavam-se em minha mente. Como um escudo, protegiam-no contra as flechas dos inimigos:

Qui ses bauzia
Vol Amor albergar,
De Cortesia
Deu sa maion jonchar;
Get fors feunia
E fol sobreparler;
Pretz e donar
Deu aver en bailia,
Ses ochaio.

Aquele que sem falsidade
Quer o Amor albergar,
Com cortesia
Deve sua casa decorar;
Deixe-o jogar fora
O louco falar;
Da generosidade e da honra
Deve ser a vítima
Sem dúvida.

Eu esperava que aquelas palavras pudessem ser bastantes para proteger-me durante minha estada em Carcassonne. Por mais que eu tentasse, não podia afastar a sensação de que estava sendo observado pelos fantasmas dos inquisidores, como se eles estivessem tentando comprometer-me. E o que eu menos queria era ser acusado de *agente provocador.*

Eu suspeitava que Marcabru tivesse visitado Carcassonne por alguma razão. Talvez ele tivesse desejado encontrar mais informações sobre as ligações de Amedée de Jois com a heresia cátara. O cinturão cátaro que havia sido descoberto sob seu hábito quando ela morrera pode ter provocado dúvidas sobre a vocação de sua amada. Seria ela católica ou cátara? A seus olhos, Amedée de Jois personificava a *cortezia*, aquela qualidade da perfeição que ele abominava e desejava aniquilar, não importava qual a forma que a crença dela tivesse tomado.

Tudo o que eu tinha para justificar os movimentos de Marcabru era seu rolo da morte. Como um relicário, ele continha os dedos nodosos da linguagem, cada palavra concernindo uma opinião, com mistério e com preconceito. Eu me tornara seu guardião, seu curador. Não estava mais me importando com a tradução de um pergaminho manchado pela água, mas um texto de revelação.

Instalado em um pequeno hotel fora da praça Saint-Jean, tirei o rolo da morte e li as anotações de algumas daquelas pessoas que Marcabru encontrara em Carcassonne:

> "Tu pedes por um determinado retalho para ser costurado à tua alma" — escreveu Raymonde Arse, uma costureira iletrada que pedira que suas palavras fossem transcritas por Marcabru. — "Mas nós, pessoas humildes, só sabemos como reconstruir nossa natureza degradada a partir do esquecimento. É tudo o que temos!"

> "Fui um asno e um esquilo em diferentes vidas" — confessou Pierre Clergue, um pastor de ovelhas, preso por heresia, que trazia uma cruz amarela pintada no casaco como parte de sua penitência. — "Desse modo, minha alma terá ainda que vir no corpo em que eu serei salvo. Espero o tempo em que ela deixe esta última túnica e retorne ao Céu."

"Remendar solas é a minha profissão" — anunciou um sapateiro. — "O instinto de deixar esta terra não se compara ao couro usado, isto eu sei. Tua senhora, *bon homme*, tentou voar antes que aprendesse a andar. Os pés, *bon homme*, são o único meio que temos para fazer a longa jornada para o Céu."

"Deus e a Virgem Maria não são nada além do mundo que vemos e ouvimos" — disse um camponês cátaro de Caussou, sabendo que seus sentidos não o trairiam.

Essas observações foram feitas por gente que possuía apenas farrapos de crença entendida conscientemente. Sinceros em sua expressão, no entanto, eles anunciavam para os que tivessem ouvidos para a heresia, sua vontade de se distanciar da doutrina da Igreja. Eles haviam destinado sua lealdade a um lugar, a um passado e a um dogma terreno alimentado nos vales acidentados dos Pireneus, para influenciar suas idéias. Não era para eles a doutrina rarefeita dos pais da Igreja martelada por meio de disputas e argumentos.

Decidi visitar a torre na qual o inquisidor tinha outrora conduzido sua corte. Naquele interior austero, incontáveis dossiês cuidadosamente preparados haviam sido apresentados como prova contra aqueles que eram acusados de heresia. Os intransigentes eram condenados à morte na estaca; outros, que abjuraram, foram encarcerados, multados ou sentenciados a usar a cruz amarela. Um odor de santidade continuava a permear pela sala, misturado a um característico cheiro sulfuroso.

Dentro do prédio, deparei-me com uma sala dominada por um pilar central. Correntes usadas para prender os prisioneiros ainda estavam presas à alvenaria. Embaixo desta sala, descendo por uma escada em caracol, descobri a cela onde os hereges eram torturados. Na minha mente, pude ouvir as vozes dos acusados, aturdidos em suas crenças, respondendo a perguntas expressamente feitas para que confessassem.

— Aposentos como este nos lembram o quanto perdemos em nome da proteção daquilo em que acreditamos — falou-me uma voz a meu lado.

Voltei-me e vi uma mulher, talvez com mais de trinta anos, vestida de uma maneira informal, porém elegante, que tinha um ar distraído, mas inteligente. Estava banhada por um facho de luz que entrava por uma fenda em forma de flecha em uma parede distante.

— Suponho que todos nós nos confrontamos com o inquisidor em algum momento de nossas vidas.

— Com nossa consciência, talvez — respondeu a mulher, antecipando o que eu não havia tido a ousadia de dizer.

— Você é, suponho, uma estudante da história local. Essas salas conjuram histórias desagradáveis.

— Os cátaros eram nossa última esperança, *monsieur*. Eles escolheram uma forma de crença que criaram para si mesmos. É certo que, para muitos teólogos, sua doutrina não era particularmente original. Sabemos que ela veio de lugares distantes nos lábios de mercadores e que foi deturpada pelo caminho. Também sabemos que essa doutrina gnóstica era discutida em torno das lareiras nos vilarejos, no segredo do interior das choupanas e que nunca foi criticada apesar de ser contra os dogmas da Igreja. Era, afinal, uma doutrina furtiva, um impulso de revolta para aqueles corações e mentes de homens e mulheres empenhados em destruir o poder do

Papa. Apesar de não ter sido sutil e de ter encorajado certas formas de comportamento, ela, afinal, uniu o povo no espírito da fraternidade e do amor. Roma nunca poderia tirar isto dos cátaros, *monsieur*. Não tirou e nunca vai tirar.

— Você fala como se a doutrina ainda estivesse viva.

— *Monsieur* — confessou a mulher —, eu venho de uma pequena vila, Montaillou, no sopé dos Pireneus. Meus antepassados foram os últimos a serem submetidos à Inquisição. Eles foram cercados em 1320 e condenados à estaca ou à prisão. Com suas mortes, um certo espírito se extinguiu, apagou-se como uma vela. Sua memória ainda vive em seus descendentes.

Eu não sabia o que responder.

— Deixe-me contar um sonho que tive quando era menina. Eu vi dois homens, ambos cátaros, deitados à beira do rio. Um deles adormeceu, enquanto o outro ficou acordado. De repente, o que vigiava viu um pequeno lagarto sair da boca de seu amigo. O lagarto deslizou rapidamente para o riacho e o atravessou montado num galho. Do outro lado, a uma distância visível ao observador, havia uma caveira de burro enterrada na areia. O lagarto aproximou-se dela e ficou entrando e saindo pelos buracos dos olhos da caveira. Finalmente o lagarto voltou ao riacho e descobriu que o galho tinha sumido, levado pela corrente. Entrementes, o homem que dormia começou a ficar agitado. Ele não conseguia acordar, apesar de seu amigo tentar ajudá-lo. Este percebeu que havia algo fora de propósito e apressou-se em colocar um outro galho sobre o rio. Então o lagarto precipitou-se por ele e voltou a entrar na boca do homem adormecido. O homem acordou e contou ao amigo sobre um estranho sonho. “Eu sonhei que estava atravessando uma ponte — explicou o homem. — Eu entrei em um grande palácio com muitas torres e aposentos suntuosos. Quando quis voltar, no entanto, descobri que a ponte tinha desaparecido! Se eu tentasse atravessar o rio a nado, iria afogar-me. Este foi o motivo da minha agitação durante o sono. Até a ponte ser reconstruída, eu sabia que não poderia retornar de jeito nenhum — ou até mesmo acordar."

— Você seria capaz de interpretar esse sonho? — perguntei.

— Durante anos o sonho permaneceu um mistério — continuou a mulher. — No decorrer da minha vida eu casei, fiz uma carreira, sem nunca realmente entender o que o sonho significava. Não compreender seu significado afetava tudo o que eu fazia ou pensava. Felicidade, amor e sucesso continuaram a iludir-me por todos esses anos.

— Você encontrou a paz que procurava?

— Na verdade, um cavalheiro nesta cidade deu-me a resposta — replicou a mulher, com a face ainda iluminada pelo facho de sol vindo da fenda na parede. — Como estudioso entusiasmado da heresia e também um erudito em arábico, ele foi capaz de interpretar o meu sonho.

— E?...

— Com certeza o lagarto é minha alma, *monsieur*. Ela permanece no corpo todo o tempo, mas, em algumas ocasiões, gosta de andar solta, deixando o corpo e vagando para dentro e para fora da morte. Se ela se achar incapaz de voltar, devido a algum trauma profundo, então sua ausência causa enorme apreensão. O sonho estava me dizendo que minha alma deixara meu corpo quando eu era criança e, até o erudito entregar-me a chave, eu fui deixada na agitação de uma espécie de atordoamento, acordada mas ainda adormecida.

Continuei nesse caminho na maior parte da minha vida. Então percebi que o que estava enterrado em meu sonho era toda a doutrina do catarismo. Sonhara com minha herança e o passado da minha família, sem nunca ter percebido isso. A heresia estava em meus ossos — não, fora do meu corpo — tentando retornar. O erudito aconselhou-me a honrar este conhecimento e permitir que ele voltasse para mim como amigo.

— Que história surpreendente! — disse. — Sinto que percorri todo este caminho e aceitei cada desvio oferecido como se, também eu, fosse aquele lagarto abandonado na beira do rio.

Expliquei para a mulher minhas razões para estar na Aquitânia, minha obsessão por Marcabru e seu rolo da morte e minha preocupação com Amedée de Jois. A mulher ouviu solidariamente, encorajando-me a continuar. Sem que eu a princípio percebesse, minha confissão nos tornou muito próximos. Por um momento, tornamo-nos confidentes, ou — ouso dizê-lo — amigos brancos.

— *Monsieur* — confidenciou a mulher, sua elegância casual agora como uma espécie de indiferença —, deixe-me lhe fornecer o endereço do erudito que mencionei. Normalmente, ele não recebe visitantes, mas creio que fará uma exceção no seu caso. Os interesses de vocês coincidem. O que você já descobriu será do interesse dele também.

A mulher tirou um cartão de visitas de sua bolsa e estendeu-o para mim. Li a seguinte inscrição:

Prof. Jean-Paul de Langue
gens frairina

31 Rue Quartier
Saint-Nazaire
Carcassonne, Occitânia

— *Gens frairina?* — perguntei.

— Significa "A Fraternidade". O que isto implica, não sou capaz de lhe dizer — advertiu a mulher.

— Ele indica sua residência como Occitânia, não França.

— Até onde eu sei, o professor de Langue vive em um país imaginário. Quando o encontrar, entenderá.

Apertamo-nos as mãos. A mulher sorriu ao nos despedirmos. O sol ainda era uma flecha de luz em suas costas.

19

A FRATERNIDADE

EM MINHAS MÃOS, EU TINHA um cartão de visitas me indicando o endereço de Jean-Paul de Langue, um estudioso de arábico e membro de alguma irmandade obscura. Um elemento de conspiração, de esconderijo talvez, tornou-se parte da minha exploração agora. Eu não estava mais seguindo simplesmente uma trilha através da Aquitânia, indicada pelo rolo da morte de Marcabru. Seu conteúdo, antes tão familiar como emissário da expressão, começara a refletir algo completamente diferente. Tornara-se um documento que revelava uma certa espécie de *perigo*.

Mergulhando em suas páginas, depois do jantar, naquela noite, descobri estar sendo envolvido lentamente por sua hábil trapaça. O amor estava nas mentes dos correspondentes de Marcabru, mas com certeza, não era um amor comum. Uma certa paixão embelezava sua prosa, fazendo-a luzir de forma muito mais brilhante do que se tivesse sido submetida ao lustro das palavras.

"O amor puro consiste na contemplação da mente casada com a afeição do coração. Ele enlaça o coração dos amantes com todos os sentimentos de prazer. A satisfação vem para aqueles que rejeitam a beleza de Vênus" — escrevera Arnaut, um trovador que retornava à corte de Toulouse.

"Só existe uma espécie de amor que é puro" — um outro poeta alegou. — "Ele vai até o beijo e o abraço e o modesto contato com o amante desnudo. Ah! O prazer intenso em abandonar o último consolo! Toda excelência de caráter vem de tal aventura. Nenhuma donzela, nem esposa, nem viúva pode ser corrompida por esse amor. Elas, como ele, encontram-se à margem de uma vida imaculada quando mergulham nesta tempestade."

"Não há nenhum pecado cometido na prática deste tipo de adultério" — escreveu Alanus de Insulis. — "Além de toda posse, há um anseio pela união entre mentes privadas de seus desejos. Tu, Marcabru, que te aventuraste pelo território inimigo e trouxeste os estandartes — tu sabes o significado de *fin' amistatz plevida** mais do que a maioria. Oh! Espanha, devoradora de punições! Não foste tu que anunciaste:

'Ah, puro amor, fonte do bem
que ilumina o mundo.'

---

* Do provençal: o mais puro amor.

ou:

'Assim como o vinho vem da uva,
Também o homem se enobrece no amor.'"

"O amor é como uma andorinha: ele voa para o sul durante o inverno e retorna fatigado por sua jornada. Lá ele arde no leito da amada e estuda seus membros adormecidos. 'Pratique o amor puro comigo', ele gorjeia, 'agora que a distância entre nós foi consumida.' Naquele dia, a felicidade da paixão silenciou toda a censura", escreveu um pescador de Ariège.

Esses homens falavam sobre um amor que obviamente era mais refinado do que o amor da sensualidade. Eles falavam de um amor motivado pelo desejo de intensificar a individualidade para além do ponto da mera gratificação, para poder aproximar mais os amantes. Era um sentimento curioso, absolutamente em desacordo com o Catolicismo ou uma antiga visão clássica do amor. A cuidadosa articulação de Ovídio sobre o amor sensual pouco tinha em comum com a idéia de comedimento que permeava o *fin' amors*.

Por que era tão importante para os amantes abster-se de intimidade? O que eles quereriam ganhar ao orquestrar seus desejos e em seguida suprimi-los? Teriam essas emoções vindo dos cátaros e de seu desdém pela carne, ou do Catolicismo e sua aversão pelo carnal? Ou seria apenas o fato de que a não satisfação do desejo imprimisse um sabor picante à vida que nem a guerra nem o êxtase religioso poderiam substituir?

Sabendo que o que quer que tivesse inspirado Marcabru a dedicar o rolo da morte à memória de Amedée de Jois dependia das respostas a essas perguntas, resolvi visitar *M.* de Langue naquela manhã.

Seu apartamento era localizado no segundo andar de um prédio cuja construção em pedra lembrou-me uma fortaleza. Ao olhar para suas janelas, quase esperei ser atingido por óleo fervente e flechas. Subi as escadas até o patamar diante da porta de *M.* de Langue. Ele era azulejado à moda de um pátio mourisco.

Bati. Não houve resposta. Aceitando o silêncio como uma refutação, comecei a descer as escadas. Então uma voz dirigiu-se a mim, vinda do alto:

— *Monsieur*. Desculpe-me a demora. Eu estava, por assim dizer, fora. Por favor, o senhor é bem-vindo.

Eu olhei para cima. Um homem estava de pé na balaustrada. Ele era de compleição magra, de aparência delicada, vestia o que parecia ser um caftan. Um cavanhaque branco acentuava o seu rosto anguloso. Olhos fundos sugeriam uma antigüidade nas suas maneiras, como se o homem despendesse um bom tempo de sua vida viajando para fora do seu corpo.

Fui introduzido em seu apartamento, um local de austeridade e pouca luz. A sala de estar parecia com uma tenda beduína. Tapetes estavam espalhados pelo chão, mesas de latão com decoração de madeira rivalizavam com estantes de livros trabalhados e almofadas bordadas encostadas nas paredes. A única concessão para a vida de um estudioso era uma parede de livros, muitos dos quais escritos em arábico. Eu entrara nos domínios de um dervixe.

Discutimos banalidades por algum tempo. *M.* de Langue demonstrou interesse por minha viagem. Ele conhecia o trabalho do homem através dos seus próprios estudos. Adivinhei, por suas observações, que seu campo especial de interesse era a influência da literatura hispano-arábica no pensamento medieval. Ele via ligações entre a lírica do trovador, os poetas mouros e as idéias dos filósofos islâmicos como Averroes e Avicenna, que tinham penetrado o pensamento europeu.

— Os Pireneus agiram como a placenta da Europa — confidenciou ele. — A França, e na verdade toda a Europa, foram nutridas pelas idéias do Islã trazidas através dos caminhos da montanha pelos visitantes da Espanha Mourisca. Mesmo hoje, nós nos banhamos no reflexo de luz da lua crescente.

— Tal idéia pode ser considerada um anátema por muitos — aventurei-me.

— Em nosso corrente clima de ortodoxia, talvez. Mas no século XII, reis, nobres e sábios, todos almejavam conquistar a Palestina em nome de Cristo. Era um anseio filosófico tanto quanto era um desejo de fazer com que a fé fosse retomada. Este confronto entre a Cruz e o Crescente inevitavelmente resultou em um enfrentamento de rica importância. A despeito dos insultos piedosos da época, homens de cultura de ambos os lados dos Pireneus passaram a respeitar as crenças de seus inimigos. Os árabes absorveram as idéias dos gregos antigos, e os estudiosos europeus beberam na fonte do misticismo árabe.

— Um *quid pro quo* de pensamentos — sugeri.

— O que nos traz para Marcabru e Amedée de Jois — replicou *M.* de Langue, trazendo para junto de si um suporte de livros com um texto aberto. — O amor deles chega ao coração do conflito entre corpo e mente que dilacerou os filósofos. Tal é a natureza descompromissada do *fin' amors*. Ele impõe a sentença de morte a todos que o praticam.

— Como certos insetos que matam seu parceiro após a cópula, verdadeiros amantes quando amam, precisam morrer.

M. de Langue pousou a mão no texto aberto ao seu alcance.

— Deixe-me lhe contar uma história — começou ele — sobre uma tribo beduína conhecida como Bani Odhrah. A tradição conta serem suas mulheres muito belas e seus homens de pureza exemplar. Dizia-se que, quando essas pessoas amavam, elas morriam.

— Tal coisa é impossível, certamente.

— Devo ler neste livro ou sua mente já está fechada para as possibilidades? — repreendeu-me gentilmente *M.* de Langue.

— Desculpe-me. Continue — disse eu.

— Contava-se como Djamil, um jovem Odhrahi, apaixonou-se por uma moça beduína chamada Buthania. Numa noite escura, depois de tentativas repetidas de encontrá-la sozinha, ele finalmente conseguiu. Eles conversaram horas, como costumam fazer às vezes os amantes, até que Djamil, incapaz de esconder por mais tempo seus sentimentos por Buthania, pediu-lhe que se submetesse a suas carícias. A jovem recusou seu apelo, lembrando-lhe da transitoriedade da natureza da paixão e da ameaça da punição divina. Confuso e envergonhado, Djamil foi forçado a pedir desculpas. Apesar do pai de Buthania rejeitar Djamil, eles continuaram a se encontrar secretamente. O pai, por sua vez, casou a filha com um certo Nubaith, esperando que seu amor se extinguisse. Mas, mesmo assim, Djamil e Buthania encontravamse à noite, sob a fria luz da lua, para compartilhar seu amor. Enfurecidos por esta ligação, os parentes de Buthania levaram Djamil às autoridades, forçando-o a fugir. Ele passou a vida viajando como menestrel, cantando canções de amor, até morrer no Egito, segundo alguns dizem, graças ao coração partido. Tudo o que restou de seu amor foram as lembranças das pessoas que presenciaram o último encontro deles. De acordo com esses relatos, certa noite Buthania fugiu para o refúgio das palmeiras. Lá, Djamil esperava por ela. Não se separaram até a alvorada. Sobre esse encontro, Djamil escreveu mais tarde: "Buthania me disse que, a não ser que eu fugisse imediatamente, seu pai e seu irmão me capturariam. Atingido pelo medo, comecei a retirar-me quando a vi sorrindo. Soube, então, que ela nunca me entregaria a seus parentes. Toquei nos cachos de seus cabelos e a beijei nos lábios. O prazer que senti foi como o de uma garganta queimada por intoxicação que bebesse a água fresca da fonte." Mais tarde, quando morria no Egito, Djamil chamou seu amigo Ibn Sahl, para que pudesse se confessar: "O que tu dirias de um homem que nunca tivesse bebido vinho, que nunca tivesse praticado fornicação ou assassinato, que nunca tivesse roubado, e que honrasse a Deus?" Ibn Sahl replicou: "Tal homem certamente entrará no Paraíso." Então seu amigo perguntou: "Quem é esse homem?" Ao que Djamil respondeu: "Esse homem sou eu." Ibn Sahl replicou: "Em nome de Alá, como podes dizer isso se nos vinte últimos anos tu vens celebrando os encantos de Buthania?"

— *Monsieur* — disse *M.* de Langue levantando a cabeça por um momento, e dirigiu o comentário a mim —, a réplica de Djamil vai diretamente ao cerne da relação entre Marcabru e seu *fin' amors*: "Agora que estou morrendo" — disse Djamil —, "que eu seja privado da mediação de Muhammad se alguma vez coloquei as mãos em Buthania com intenções impróprias."

— O senhor está sugerindo que Djamil receava a retribuição divina se tivesse feito amor com Buthania? — perguntei.

— Absolutamente. Suas ações estão para além da censura de qualquer injunção condenável pelo costume ou pela lei, ou até por Deus. Djamil estava apenas interessado em preservar seu amor. Ele sabia que possuí-la sexualmente não o levaria a lugar algum. Satisfazia-se com a palavra, com a mera visão de Buthania, a raridade de seus encontros, um raro beijo. O amor deles tornou-se um elixir mais poderoso do que a vida.

— No final, foi Buthania quem deu a Djamil a razão para morrer — continuou *M.* de Langue. — Em seu último encontro, antes de ele fugir para o Egito, e enquanto rogava a Buthania que restaurasse a razão para que ele pudesse levar uma vida normal, ela replicou: "Tua morte está profundamente enraizada em ti agora, e irá aumentar. O que quer que tu desejes, está além do teu alcance. Aceita isso."

— Como ele poderia, sabendo que aquela separação traria um sofrimento perpétuo? — questionei.

— A prática do amor cortês envolve a morte do bem-amado. Este é seu único alívio — respondeu *M.* de Langue.

— Então Amedée de Jois não morreu por suas próprias mãos para escapar a seu corpo, mas para ser aliviada dos laços com o *fin' amors*.

— Uma suposição válida, mesmo que seja desagradável.

— Por que pensa assim?

— Algum de nós estaria preparado para morrer a fim de preservar intacto o amor adquirido por meio de um ato supremo de privação?

— Claro que não. A única morte que idealizamos hoje é a que deriva do excesso — argumentei.

O conto de *M.* de Langue abrira uma porta para mim. Além dele havia uma planície povoada por valores que eu não tinha considerado antes. Eu viajara para a Aquitânia em busca de razões mais convencionais para o comportamento de Marcabru segundo a morte de Amedée de Jois. Paixão não correspondida, rejeição, um estado obsessivo de mal-estar, até mesmo um amor trágico — esses eram os temas que eu queria explorar. Eles eram, se não óbvios, pelo menos explicáveis.

A interpretação de *M.* de Langue mudara toda a natureza da argumentação. Sua história de Djamil e Buthania sugerira uma maneira de pensar que ultrapassava o desejo, a paixão, a satisfação sexual, até o ciúme. Os amantes beduínos apostaram em um amor que permaneceria, para sempre, no universo do concreto. Estavam ligados tão completamente um ao outro, no entanto, que o único caminho para escapar aos grilhões da não possessão era a morte. Tinha sido aquela morte que Marcabru escolhera para formar a base de sua angústia, até que o caminho para explorar a satisfação do desejo se abrisse para ele como início de verdadeiro desapego.

M. de Langue interrompeu meus pensamentos.

— O fato é, *monsieur*, que por suas ações eles nos deram algo único.

— Em que sentido? — perguntei. — Não, não responda. Penso que já sei.

— Para agradar um solitário que nem eu, confio que o senhor me fará o benefício de conhecer suas conclusões.

— *M.* de Langue — comecei, sentindo que o que eu iria dizer poderia estreitar a nossa amizade —, o senhor colocou toda a sua vida a serviço dos estudos eruditos. Como bem sabe, com freqüência fazemos suposições sobre a origem de nossas idéias, nossas crenças e nossa cultura. Eu já acreditei que Marcabru tivesse tomado a estrada para suavizar seu sofrimento com a perda de seu *fin' amors* e que essa linguagem era seu cajado. Mas agora, já não estou bem certo disso.

— Palavras podem agir como camuflagem. Por vezes disfarçam o significado, escondendo o que deveriam revelar.

— Mesmo assim, de que outra maneira pode alguém descrever o que o senhor me relatou a não ser com palavras?

— Trata-se de um mistério que eu não posso explicar — replicou *M*. de Langue, fechando o livro. — Fazer tal coisa pode levar à sua extinção.

— Então está me avisando para dar meia-volta?

— A linguagem *é* um malabarismo, *monsieur*. É a arte de cercar a luz na escuridão. Luz e linguagem são como gêmeas, idênticas porém diferentes. Nossa tarefa é achar um caminho que lhes permita espelharem-se uma na glória da outra.

— *M*. de Langue, seu cartão de visitas sugere que o senhor pertence a uma instituição chamada *gens frairina*. Trata-se de uma seita, de uma irmandade ou simplesmente uma fraternidade de mentes similares?

— Trata-se, *monsieur*, de uma associação singular — respondeu o homem, perdido nas dobras do seu caftan. — Como vê, só eu e meus pensamentos somos membros dela.

— É uma ordem apenas para você mesmo?

— Onde mais alguém pode ir para partilhar a mais solitária das profissões?

— A erudição sempre faz amigos. Há as reuniões, conferências, universidades, e os jornais culturais dos quais é possível participar.

— Como Marcabru, devo permanecer um membro solitário de uma organização cuja tarefa é protestar contra a derrota.

— O amor, uma derrota? Eu acho isso difícil de aceitar.

— *Victoire*, meu amigo, reside em suplantar até isso — replicou *M.* de Langue, saboreando a intimidade da palavra em francês.

Percebi então que o homem me incluíra em seu *gens frairina*, mais um caçador em busca do artifício das palavras.

20

UMA CARTA DE UM AMIGO

QUAL A RAZÃO PARA CONTINUAR?, perguntei a mim mesmo. Era como se *M.* de Langue quisesse prevenir qualquer futura investigação, dadas as suas reservas a respeito do poder das palavras. Mesmo eu sabendo que a linguagem era um instrumento disponível para mim e Marcabru. No final, eu comecei a acreditar que *M.* de Langue estivesse nos desafiando para um diálogo sem palavras. Seria este o único caminho deixado para nós — voltarmos as costas para a comunicação e começar uma sociedade de um só?

Sua tenda de beduíno tornara-se um *tekke*, um local secreto de encontro no deserto. Ele e Djamil eram parecidos no que dizia respeito às suas mentes, abandonando o contentamento como se este não fosse mais do que uma parada no meio do caminho. Mais significativamente, ele, Djamil e Amedée de Jois acharam um caminho similar — um caminho cujo destino era uma espécie de morte em vida, já que todos eles haviam se distanciado do afeto do coração de várias maneiras.

Eu nunca esperara que isso me fosse oferecido como uma alternativa. Na verdade, eu preferiria trilhar o caminho da linguagem como uma chave para a vida em lugar de romper o contato com o mundo. Esta era, afinal de contas, a única ferramenta que eu possuía para me ajudar a me libertar da escravidão da ignorância.

Mesmo assim, o conselho de *M.* de Langue claramente ajudou a jovem mulher que eu encontrara na torre do inquisidor. Ela agora sabia quem ela era. A heresia, a eterna diatribe contra o absolutismo que dividira uma nação, estava em seus ossos. Ela soube que discordar da ortodoxia era fundamental para suas origens. Pois aquele direito estava perdido para ela por esquecer o passado, que não tinha mais importância. *M.* de Langue apontou-lhe a direção da aceitação silenciosa do legado como cátara como um caminho de redescoberta de si mesma.

Agora, parece, havia três membros na Fraternidade, não apenas um. Ou talvez quatro, se Marcabru fosse incluído. Era um sonho, aquela sociedade de solitários, um lugar onde a linguagem podia ser desmantelada para se extrair seu poder libertador. Saber que Buthania oferecera a Djamil sua razão para morrer, fez-me perceber que eu estava lidando com um velho problema: será que a natureza de nossa morte cresce dentro de nós em relação à vida que levamos, ou estaria ela enraizada em nosso interior desde o princípio?

Neste meio tempo, uma carta do meu amigo Horace Winterton esperava-me quando retornei para o hotel. Rasguei o envelope. Entre todas as pessoas que eu conhecia, ele era o único capaz de ajudar-me a resolver aquele problema.

Meu caro amigo,

Ultimamente tenho passado mais tempo à beira do rio em Kew consultando-me com os sete sábios a respeito do seu problema. Suas penas, como pode imaginar, permanecem para sempre lisas. Eu não sei por que algumas criaturas são abençoadas com a aparência de ser tão indubitavelmente adequadas a este mundo, enquanto outras acham tão difícil justificar seu valor. Não é por acidente que os cisnes tendem a nos olhar curiosamente, já que eles nunca se habituaram ao nosso desejo de reverenciá-los. Como disse Nietzsche, enquanto piscamos, sua nobreza nos escapa.

Avicenna, um dos grandes filósofos árabes, acreditava que o papel do aprendizado dependia da elevação da alma ao Agente Inteligência, o governante da décima e última esfera na ordem das inteligências emanadas de cima. Concordo com ele; porém, como você sabe, sempre fui seduzido por tais sistemas de pensamento elegantes. Mesmo ele achou impossível explicar o que queria dizer exceto através de alegorias. No fim, ele abandonou a metafísica pela metáfora.[4]

Ele contou a história de como acompanhou um grupo de caçadores que tinha ido capturar pássaros. Um grande número desses pássaros sucumbiu às armadilhas dos caçadores e ficou

[4] O conceito de Avicenna sobre o Agente Inteligência encontra ecos em Santo Tomás de Aquino, em *De Anima*, onde ele sugere que a união permite o contato da alma com a beleza absoluta, a bondade absoluta e a verdadeira elegância. A aptidão da alma para tal união é atualizada pelo aprendizado, o conhecimento e a ciência. É executada por uma emanação do Agente Inteligência, uma iluminação pela qual o Agente Inteligência, que contém os modelos e os princípios da palavra inteligível, confere as formas da alma. "Assim como o sol é verdadeiramente visível em si mesmo e faz verdadeiramente visível o que seria visível apenas *in potentia*, assim o Agente Inteligência é verdadeiramente inteligível em si mesmo, e faz verdadeiramente inteligível o que antes era somente inteligível *in potentia*.

preso em suas redes, incluindo ele próprio. Como eles, logo se encontrou confinado em uma gaiola onde o tempo se arrastava e a lembrança de sua antiga liberdade trespassava sua consciência. Depois de um tempo, até mesmo ele havia se acostumado ao aprisionamento.

Alguns pássaros conseguiram, entretanto, escapar, fazendo com que ele se lembrasse de sua difícil situação. Ele lhes pediu que o ensinassem como escapar também, e foi o que eles fizeram. Com a ajuda, ele foi capaz de juntar-se a eles no vôo para casa. No seu caminho de volta, encontraram oito montanhas altas, seis das quais eles conseguiram ultrapassar no vôo, com esforço persistente. Na sétima, alcançaram o topo e descansaram. Diante deles havia uma vista de inigualável beleza e fartura.

Na ocasião em que alcançaram o topo da oitava montanha, seu pico estava coberto de nuvens. Lá também encontraram pássaros imaculadamente coloridos que, através da névoa, os guiaram ao palácio do Grande Rei. Durante a audiência com ele, descreveram sua condição miserável e imploraram por ajuda. Imediatamente o rei ordenou que um mensageiro se aproximasse deles e quebrasse as correntes que ainda tinham presas em suas pernas. O filósofo entendeu que o mensageiro não era outro senão o anjo da morte.

Avicenna descreveu o Grande Rei em detalhes. Ele representava a união de tudo que se possa imaginar. Beleza e uma inesgotável perfeição dominavam seu comportamento. Ficou claro para o filósofo que o Grande Rei não era outro senão o Agente Inteligência, aquela esfera de excelência que só pode ser alcançada através de muito esforço.

É claro que esta história possui uma moral. Não vou ter o trabalho de elucidá-la para você, sabendo de sua inclinação para explorar essas coisas do seu modo. Basta dizer, meu queri-

do amigo, que esta história vai diretamente ao coração do catarismo e seu desejo de ignorar tudo o que inibe. O que me leva a especular que Amedée de Jois descobrira o que ela precisava fazer para merecer o apreço do Grande Rei.

O motivo de eu relatar o conto de Avicenna é que eu acredito que as suas próprias pesquisas já terão levado você a uma conclusão parecida: Marcabru e seu fin' amors *escolheram uma linha de ação que os impedia de estarem juntos, exceto na memória. A morte ofereceu-lhes uma intensidade de experiência que de nenhum outro modo seria possível. A vida, com seus grilhões, tinha de ser destruída para que a afinidade com o Agente Inteligência pudesse ser usufruída.*

Você e eu, meu caro amigo, somos cativos do conhecimento especulativo. Não podemos quebrar nossas correntes. Então, viajamos por estradas secundárias do passado, em companhia de poetas mortos, bisbilhotando suas vidas. Nós somos voyeurs, *satisfeitos em identificar o risco que os outros assumem em nosso nome. É o tormento de nossa era. Nenhum de nós, receio, tem coragem de voar sobre aquelas montanhas ou requerer uma audiência com o Grande Rei. O anjo da morte não é nosso amigo.*

Faço essas observações sob a luz do impasse que você deve ter alcançado com seus esforços. Poderei dizer que os cisnes vieram para resgatá-lo? Contemplando sua brancura em sua suprema indiferença em relação ao vazio que os cerca nesta tarde clara, senti seu desconforto, mesmo assim. Eles me diziam que o vôo era impossível para todos, menos para aquele que tem as asas bem enceradas, a fim de ludibriar o sol. Então, pareciam sugerir, e só então, poder-se-ia esperar encontrar a glória e o abismo.

Sempre seu amigo cordial, ligeiramente eriçado, com certeza, mas bem emplumado,

Horace Winterton

Terminei de ler a carta. Ela me fez perceber que, assim como *M.* de Langue, que se retirara para o silêncio de sua tenda de beduíno em seu próprio apartamento, Horace tinha mudado de nome, não tanto para escapar da culpa do passado, mas por causa do seu desejo de reafirmar o poder de renovação conferido pelo anonimato.

A solidão é um acampamento difícil. Suas cordas se tornam rígidas nas manhãs geladas. As pessoas recorrem a ela quando têm necessidade de socorro. Homens como meus amigos Horace e *M.* de Langue encontraram um caminho para definir limites de seu mundo ingressando, eles próprios, no que Avicenna definira como Agente Inteligência. Como o Grande Rei, esta condição os fez seus mensageiros. O cume do conhecimento se encontra diante deles, um ornamento da fé no poder da mente. Para eles, a morte verdadeira está na renúncia a tudo que torna o desejo possível.

"A alma é uma substância solitária", lembrei-me das palavras de Aquino. "Unida ao corpo por uma afeição natural, localiza-se entre dois mundos — o mundo da mente e o da matéria. É elevada pela especulação e rebaixada pela ação." Assim, vaga no espaço, uma estrela solitária, por vezes desfigurada, jogada de um lado para o outro enquanto tenta manter seu curso. Ocorreu-me que a Fraternidade não era uma sociedade de um, dois, três ou até quatro membros, mas da própria singularidade de ser.

Passei a ver minha jornada nas pegadas de Marcabru como parte de um sonho. Eu estava errado. Nem era simplesmente o caso da linguagem dar lugar a qualquer nuance que tivesse sido provocada por minha própria subjetividade ou sentimento. Ia além disso agora — além do amor, da morte, da dor e da sobrevivência do poema. O que eu começara a encontrar era uma amarga colheita de palavras, soltas nas verdes terras da Aquitânia por aqueles que, no passado, falharam em entender a importância do silêncio.

Enquanto isso, eu viera para a Aquitânia como historiador, um arqueólogo, e me pegara adotando o papel de um metafísico, fazendo perguntas que não tinham respostas definidas. Sentia-me vazio, um filósofo frustrado, que ansiava por ouvir a verdade sendo dita apenas uma vez, com simplicidade e elegância.

Quase desejei escapar à difícil situação em que me encontrava. Aquele rolo de pergaminho, abandonado em um rio gelado há muito tempo, corrompera meus pensamentos, meu próprio bem-estar. Eu fora deixado vagando de um lugar a outro, um vagabundo cego para tudo, menos para o óbvio: que, enterrado naquelas palavras, em opiniões e crenças coletadas por Marcabru em sua jornada, havia algo que eu ainda não podia ver. Elas também eram uma forma de camuflagem.

21

RIO DE OURO

A MINERAÇÃO OCUPAVA MEUS pensamentos enquanto eu dirigia para Foix, outrora um lugar de fortes simpatias cátaras sob o comando do conde Raymond-Roger. Fora ali que sua irmã Esclarmonde havia presidido como Perfeita sobre aquela cidade isolada nas montanhas. A região ao redor fora, no passado, notável por sua riqueza em minas de ferro, extraídas por mineiros que trabalhavam em associação com arrieiros. Em dias passados, aqueles homens podiam comprar baldes de mineiros e carregá-los vale abaixo em direção às fundições.

Simon de Montfort foi suficientemente cuidadoso para nunca atacar Foix durante sua campanha anti-herética. O Tratado de Paris, em 1229, no entanto, forçou o conde Raymond a dedicar sua lealdade ao rei da França, sinalizando desse modo o início do fim das Cruzadas Albienses. Porém, em seu apogeu, a corte de Foix era o paraíso de heréticos e trovadores. Esclarmonde e sua cunhada ofereciam proteção para todos aqueles que tentavam escapar do inquisidor. Também não temiam debater com clérigos visitantes os méritos de sua doutrina.

No caminho, parei para um copo de vinho e um sanduíche na cidade de Fanjeaux. Construída em um contraforte de pedra do qual havia uma bela vista sobre a planície de Lauragais e a montanha Negra, a cidade era um lugar sagrado dos tempos romanos. Seu nome deriva de *fanum jovis*, que significa "Templo de Júpiter".

São Dominic visitara Fanjeaux nos primeiros anos de sua pregação contra a heresia. Ele se estabeleceu na aldeia de Prouille em abril de 1207, onde formou uma pequena comunidade religiosa de mulheres convertidas. Mais tarde, um grupo de monges fixou residência na parte da cidade que ficava no topo da montanha. De acordo com a lenda, Dominic escolhera Prouille para viver depois de testemunhar três visões de uma bola de fogo que descia sobre a aldeia vinda do promontório próximo.

O fogo era um tema que aparecia em muitas das lendas associadas às tentativas de Dominic de converter os cátaros. Na capela local, dedicada a ele, uma viga do teto está preservada como uma lembrança de um milagre associado a seu ministério. Em um dia de inverno, que passara a debater com os cátaros, Dominic entregou a um de seus adversários um documento resumindo seus argumentos em defesa da ortodoxia. O cátaro retornou à casa de seu anfitrião naquela noite e jogou o documento no fogo. Ele se recusou a queimar. Três vezes ele o jogou na lareira, e em todas ele voou para longe das chamas e ficou suspenso no teto, chamuscando a viga que hoje se vê na capela.

A beleza extraordinária desses vales parecia não ter guardado nenhuma relação com a longa e profunda desavença que afligiu a região. Mineiros e tecelões, pastores de ovelhas e arrieiros, alfaiates e remendões, uma multidão de homens e mulheres que habitaram esses vales no tempo de Marcabru — todos haviam lutado para sobreviver ali, enfrentando a guerra e a penúria.

Marcabru havia passado por ali em sua caminhada em direção ao Norte. Ele se hospedara em vilarejos cátaros e ouvira conversas dos aldeões em volta de fogueiras comunitárias. Pedira àqueles que podiam, que escrevessem comentários em seu rolo da morte, enquanto batiam a manteiga ou consertavam gibões gastos à luz de velas. Essas pessoas tinham ouvido falar no cinturão encontrado sob as vestes de Amedée de Jois quando esta morrera; tais notícias corriam rápido quando diziam respeito a um dos seus:

> "Nunca acreditei na ressurreição do corpo após a morte" — escreveu Guillaume, um fazendeiro dos arredores de Pamiers. — "Apesar de pregarem isto na igreja, eu não acredito! Quando morremos, sei que nossos corpos se desfazem em terra e cinzas. Porém, acredito na sobrevivência da alma. Os maus serão lançados às pedras e jogados em precipícios pelos demônios."

> "Tenha cuidado enquanto caminha" — escreveu Gelis, um trabalhador das pedreiras de Ax — "para não balançar seus braços e pernas a torto e a direito. Mantenha os cotovelos junto ao corpo, de outra forma poderás derrubar um fantasma. Lembra-te que andamos inadvertidamente entre uma multidão de espíritos. Eles só não são invisíveis para os mensageiros de almas."

"Ouvi dizer que eles entalham com machado imagens de santos na casa dos ídolos [i.e. uma igreja]" — Bernard Gombert de Aix-les — Thermes escreveu. — "Para eles, a Virgem nada mais é do que um pedaço de madeira, sem boca, olhos, pés ou ouvidos verdadeiros."

"É verdade, nossas Perfeitas têm mais poder para perdoar os pecados do que tinham os Apóstolos Pedro e Paulo. Aqueles que as seguem vão para o céu, o resto, para o inferno" — escreveu Raymond Vayssière, um criador de gado da região de Arques.

"Amedée de Jois carregava um segredo. Apesar dela ter morrido em Saint-Martin, acreditamos que ela era uma de nós. Ela sabia que Deus não é outra coisa senão o silêncio de Deus mantendo-se silencioso" — escreveu uma Perfeita chamada Gauzia.

"Estamos condenados logo que começamos a encarar a vida como nossa única obsessão" — anunciou uma castelã de Tarrasconne.

"Ela possuía uma identidade partida derivada de uma laceração inicial, fonte do múltiplo, do Bem e do Mal" — acrescentou a matriarca de um vilarejo, chamada Belote.

A estrada era muitas vezes íngreme e sinuosa, e diminuí a velocidade para fazer as curvas. À frente, os Pireneus se erguiam em colinas ondulantes até as altas montanhas, seus picos embranquecidos pela neve prematura. Este antigo vale glacial, de penhascos recortados e torres em ruínas, lembrava-me um tabuleiro de xadrez abandonado em uma praça de algum vilarejo.

Ao fazer a curva, um homem que andava pelo acostamento forçou-me a frear de repente. Carregava uma grande tigela no ombro, talvez uma bacia. A princípio achei que fosse um chapéu. Ele trajava calças sujas e uma camisa xadrez com as mangas enroladas até os cotovelos. As botas estavam amarradas com cadarços de couro. Pendurado na cintura, ele trazia um colchonete.

Ao me aproximar, o homem acenou cordialmente. Decidi parar e oferecer-lhe uma carona. Antes que eu pudesse dizer alguma coisa, ele já tinha jogado seu equipamento, inclusive a tal bacia, no banco de trás e sentou-se a meu lado.

— *Merci, m'sieur* — falou com forte sotaque da Provence.

— Não pude deixar de notar a bacia — comentei, vencido pela curiosidade.

— *Moi, je suis un orpailleur* — confidenciou-me o homem.

— Um garimpeiro? — perguntei surpreso. — Ainda existe ouro por estas bandas?

— Eu venho de uma antiga tradição, *m'sieur*. A nascente arenosa de Ariège tem brilhado desde os tempos dos problemas — acrescentou ele, referindo-se às Cruzadas Albienses. — Alguns nos chamam de *transparents*, aqueles que têm a visão clara. Nós andamos por esta triste e bela terra, procurando por qualquer brilho que ainda reste em seus cascalhos. Peneiramos as pepitas que ligam a memória à terra. Eu sou o último, *m'sieur*. O último.

Fui fisgado pela curiosa mistura de poesia e fábula no

discurso do homem. Falava uma espécie de língua ao mesmo tempo antiga e misteriosa. Eu não sabia muito bem como responder. Mas não precisava me preocupar: o homem estava satisfeito em continuar a conversa como se eu o tivesse enchido de perguntas.

— Não há ponto mais empedernido do que o do infinito, *m'sieur*. Olhe para mim, hein? Não sou tentado em muitas coisas, a não ser o ouro em pó e o que se encontra além dos extremos. O senhor acha que as palavras são ilusórias porque estão ligadas ao desejo de parar o tempo? Digo-lhe que não existe ponto mais empedernido do que o nosso ponto de vista. O tédio, sim, o tédio é o nosso grande temor; variedade, o grande vício.

Seu *staccato* de declarações, duras e brilhantes, ricocheteava em volta do automóvel.

— Existem muitos de nós — anunciou o garimpeiro, enquanto trilhávamos nosso caminho em meio às folhas de outono da estrada. — Sim, existem muitos de nós vivendo nessa terra. Quantos mais somos, mais imagens do divino achamos na natureza. A confusão reina.

— *Monsieur l'orpailleur* — comecei, tentando impor um pouco de ordem na nossa conversa. — O senhor é um garimpeiro. Deduzo, pelo que falou, que o tenha sido a vida inteira. Provavelmente seu pai lhe ensinou o ofício e os riachos desta região constituem seu local de trabalho. Com qualquer temperatura o senhor anda pelas águas, bateia nas mãos, tentando extrair alguns grãos de um sistema fluvial já exaurido. Devo dizer, sem querer ofendê-lo, que, como o último de sua espécie, o senhor é, provavelmente, um anacronismo.

— Eu venho do museu da vida — concordou o homem. — Para mim, cada pepita que descubro é uma espécie de poema. Peneiro por elas com o mesmo anseio do poeta por seu *fin' amors*. Na borda de tanques de pedra espero pacientemente a sua gestação. Ouro, o senhor vê, não é apenas um material denso; é o poema do lugar. A forma como brilha celebra este país que eu amo. Peneiro pela beleza da minha terra natal.

Lembrei-me da tentativa de Marcabru de fazer um poema perfeito, aquele que mudaria o mundo.

— Todos nós procuramos por isso, *m'sieur* — continuou o garimpeiro, como se estivesse lendo meus pensamentos. — Pessoas morreram por isso, também. Não; morreram disso. O poema perfeito é uma doença divina. Espalha-se por nossos membros, enche nossas veias a ponto de estourarem, invade nossos pensamentos como uma cavalgada.

— Você acredita que seja possível escrever um?

— Palavras, meu amigo, são pepitas de ouro em meio ao cascalho. Elas brilham em meio a tudo o que é inerte. O poeta trabalha cuidadosamente com sua bateia, lavando as impurezas, permitindo, dessa maneira, que restem os grãos. Ele os coloca juntos, os mais pesados dos resíduos, e os funde. É essa fusão que nos dá o que mais queremos.

— O senhor quer dizer, a perfeição? — disse eu, pensando em Esclarmonde e todas as Perfeitas que tentavam tirar de si próprias todas as suas fraquezas.

— Eu disse, *m'sieur*, que as palavras são ouro puro. Elas são trabalho das sombras, o minério da falta que nos consome.

O garimpeiro continuou falando através de charadas. Seus comentários pareciam o produto de uma mente meio perturbada. No entanto, quando suas observações confusas se acomodaram em minha mente, comecei a perceber que ele e Marcabru eram irmãos no gênero. Seu único desejo era recapturar as incontáveis imagens lúgubres que formam a memória que nos falta. Suas observações me confundiram, pois ele parecia não ver a diferença entre sua profissão e a de um poeta.

— A poesia, *m'sieur*, só pode ser encontrada no tanque do imprevisível. É o jorro claro da invisibilidade sobre a pedra — observou o garimpeiro quando nos aproximávamos de Foix. Havia um castelo em uma colina dando vista para a cidade, com sua sustentação tão cilíndrica quanto uma torre. Subitamente ele mudou de assunto. — O senhor está indo para Montségur, a fortaleza cátara, não? O que o espera lá é a última página de um livro. É o livro das mortes destroçadas.

— Suponho que o senhor queira dizer o lugar onde as pessoas foram martirizadas por manterem suas crenças? — repliquei, começando, pela primeira vez, a entender o rumo do pensamento do homem.

— A crença não é o último ato de martírio, *m'sieur*. Denunciá-la o é.

22

NAS RUAS DE FOIX

ENTRAMOS NOS ARREDORES DA cidade bem devagar. Seus telhados avermelhados refletiam os últimos raios de sol, repelindo seu calor. As janelas estreitas das casas eram a prova de uma longa história de introspecção, por continuarem a expulsar os olhares curiosos. O lugar havia sofrido bastante durante a Inquisição e não estava disposto a entregar facilmente seus segredos.

Fora ali, em Foix, no entanto, que o rolo da morte havia finalmente descido da fortaleza rochosa dos Pireneus, iniciando sua longa jornada em busca de respostas.

O garimpeiro gentilmente indicou-me uma pensão quando o deixei na beira da estrada. Acenou para mim enquanto eu partia. Pelo retrovisor, vi quando pôs no ombro a bateia, que brilhava como uma esfera sob a luminosidade do final da tarde. O ouro estava em suas mãos, mesmo que apenas como uma cadência da luz outonal.

Eu não tinha vontade de sair do meu quarto naquela

noite, nem mesmo com o propósito de visitar um restaurante. Só o rolo da morte tinha o poder de satisfazer meu desejo de nutrição. Eu o carregava comigo como carregaria um menu apanhado como souvenir de algum hotel.

Em vez de comida, naquela noite, eu queria algo mais. Queria ser consumido pelo fervor, por aquele profundo gesto do coração em busca da própria superação. Peguei o rolo e li mais uma vez em seu texto as memórias daqueles que sabiam o significado da fome:

> "Querido coração, permita esta fuga de qualquer distinção entre ato e aceitação" — escreveu a Perfeita de Foix. "O que aspiro é libertar-me do esconderijo obscuro no qual minha própria vontade me coloca."

> "Nossa natureza recebe suas marcas de seu próprio instinto, que a leva a associar-se ao que é mais nobre" — um membro de uma sociedade da cidade declarou. — "Ela, a jóia de Canigou, libertou-se, deixando-se extinguir como cera, igual a uma vela frente a uma imagem de Nossa Senhora. Nada existia para ela além da beleza de seu desaparecimento."

> "Poeta, saboreia o medo. As amêndoas não se comparam à sua acidez refinada. Eu, que carrego em minha carroça todo tipo de tecido de Bizâncio, ofereço-te a mortalha do seu anulamento. Seu fio é simplesmente o fio de identidade agarrando-se à ilusão de sua própria imortalidade. Profunda é a ressonância daquele que escolhe seu caminho" — escreveu um mercador de Pádua, rumo à corte de Castela, para oferecer suas mercadorias.

"Na vida, a possibilidade é tão enganadora quanto qualquer sereia" — observou um maçon errante.

"Soube de um pelicano cujas penas brilhavam mais do que o sol." — Na Ferriara, um curandeiro de Prades d'Allion, escreveu. — "Ele deixou seus filhotes a fim de seguir o caminho do sol com mais liberdade. Um dia, uma raposa galgou até seu ninho e arrancou as garras dos passarinhos. Quando isto aconteceu, o pelicano decidiu esconder seu brilho e aguardar a raposa no meio de suas crias. E assim o pelicano salvou seus pequenos. Do mesmo modo Amedée de Jois escondeu seu resplendor sob sua própria criação, para melhor protegê-lo dos baixos instintos da sobrevivência."

"O intervalo entre vossas pegadas vos separou" — escreveu uma judia convertida que se dedicava a fazer previsões. — "Gatos pretos não andam a teu lado, então estás livre de tua infâmia. A sombra que projetas é aquela da luz contra a escuridão."

Desse modo, o rolo da morte anunciou sua intenção desde o início. Queria revestir a memória de Amedée de Jois com a representação de algo mais do que uma mera reunião de condolências. Sua tarefa era circundar o atoleiro de piedade que normalmente se apresenta em tais documentos, e o conduzir em direção a outro caminho.

Eu agora entendia qual era o propósito do rolo da morte em sua jornada: a descoberta do silêncio maior, cujo significado nunca poderia ser expresso. Seu destino era impor um sentido de propriedade a Marcabru e a todos aqueles que partilharam de seus sentimentos, incluindo a mim mesmo. Estávamos unidos pela prolixidade das palavras e sua fome de expressar absolutismos.

Como acompanhara Marcabru, aquele documento agora me acompanhava havia várias semanas. Quanto mais nos aproximássemos de nossos destinos, mais eu sentia que começávamos a nos distanciar um do outro, mesmo que fosse apenas por estarmos chegando ao início da viagem e à perspectiva de nos separarmos para sempre. Entre o pergaminho e o poeta, um abismo começara a aparecer, e nele eu havia tropeçado. De cabeça para baixo eu afundava, agarrando-me à expressão. Sabia que nada poderia salvar-me, a não ser um ato de coragem. Deveria escalar aquela montanha da qual Amedée de Jois despencara e descobrir por mim mesmo por que ela escolhera fazê-lo.

23

MONTSÉGUR

No alto de um pico rochoso, as ruínas de Montségur acenavam. A fortaleza cátara parecia abandonada, suas ameias embranquecidas arranhadas como se fosse por lágrimas. Fora ali, em 1244, que a última resistência organizada dos cátaros foi derrotada por Raymond de Toulouse por ordem de Branca de Castela. Os exércitos da Igreja Católica Romana, com dez mil homens, sitiaram a fortaleza entre julho de 1243 e março de 1244.

O ataque fora provocado pelos cátaros. Um dia, um bando desesperado de hereges uniu forças a outros, de Avignonette, para emboscar um grupo de inquisidores que se dirigiam à cidade, onde pretendiam estabelecer uma corte. Todos os inquisidores foram massacrados. Raymond fora acusado de planejar a emboscada. Tentou afastar-se do acontecimento escrevendo cartas de submissão a Branca de Castela, jurando vingança aos assassinos. Entre 1243 e 1244, os fogos da Inquisição arderam. Muitos nobres pereceram nas chamas, inclusive Pierre Robert de Mirepoix e a dama Dowager de Fanjeaux.

Os hereges fugiram para a Lombardia, para a Bósnia ou para a Espanha, através dos Pireneus. Seus líderes remanescentes reuniram-se em Montségur, a cidadela nas montanhas onde nenhum católico jamais tinha posto os pés. Os livros sagrados dos cátaros foram levados para lá a fim de serem protegidos. Em sua maioria fazendeiros que sucumbiram a uma crença que o resto do mundo achava apropriado denunciar, os cátaros escolheram defender sua posição até a morte, em vez de abjurarem.

Sob o manto da escuridão, patrulhas de montanheses experientes escalaram o penhasco íngreme e, passando pela fortaleza rumo ao Oeste, firmaram-se no platô mais alto. Uma catapulta fora arrastada para cima, em partes, sendo montada, então, do lado de fora dos muros da cidadela. Pedras enormes foram desenterradas de uma pedreira próxima para servirem como projéteis. Após um longo bombardeio, os muros finalmente se partiram. Pierre Robert de Mirepoix, o líder cátaro, entregou-se com a condição de que sua pequena guarnição fosse poupada.

Os cátaros foram suplantados em número. Tanto homens como mulheres participaram da defesa. Mesmo seus mais veneráveis bispos, homens como lorde de Perelle e Guillebert de Castres pegaram em armas. Quando o fim se aproximava, grande parte dos defensores recebeu o *consolamentum*, o rito final da igreja cátara, que elevava a todos ao nível das Perfeitas. Ao realizar aquela cerimônia, sabiam que estavam condenados à morte. O fogo dos inquisidores os esperava.

Ainda que uma trégua tivesse sido declarada, os cátaros não tomariam parte nela. Em vez de escapar a seu destino, pareciam recebê-lo com alegria. Na manhã de 16 de março de 1244, duzentos e sete cátaros marcharam da cidadela abaixo, em direção à planície e, voluntariamente, subiram na imensa pira que fora preparada para eles. Este ato final de *endura* marcou o fim dos cátaros na Aquitânia. Naquele dia, os fogos consumiram mais do que um bando de Perfeitas; eles reduziram a idéia de sua resistência a cinzas. Dali em diante, os cátaros sobreviveriam como pouco mais do que uma seita secreta, sem terras, seus livros sagrados foram dispersos e suas Perfeitas perseguidas até no exílio.

Pelos noventa anos seguintes, os inquisidores continuaram a sua perseguição através da Aquitânia até que o movimento estivesse completamente destruído. A última queima de hereges, incluindo uma Perfeita, ocorreu em 1330. A derrota dos lordes do Sul pelos barões do Norte completou o processo. A única coisa que sobreviveu foi o esplendor melancólico dos trovadores.

Na planície dos Mártires, parei para recuperar o fôlego, antes de continuar a subida até a cidadela em ruínas. Uma estrela, erguida em 1960, em homenagem à morte "daqueles martirizados em nome do puro amor cristão", encontrava-se diante de mim. Continuei a subir pelo caminho que levava à fortaleza, esquecido da vista das cordilheiras de Plantaurel e do vale Aude, logo abaixo. Amedée de Jois estava em minha mente, sua morte e seu eco silencioso em meio aos densos pinheiros no sopé do penhasco.

Logo acima, as ruínas pareciam mais distantes do que nunca contra o frio céu azul. Encarapitado em seu topo, havia algo de vagamente teatral sobre sua posição. Com frio, cansado pelo esforço, veio à minha mente um pensamento de que Montségur personificava o resplendor de um túmulo.

Marcabru estava a meu lado quando eu fiz a subida final. Suas palavras cobriam o caminho. Eu continuava a ver a imagem sem face dele e de Amedée de Jois que eu encontrara em Albi, esculpidas na pedra. Minha viagem com Marcabru fizera com que eu questionasse todos os meus valores. Fui privado de toda a antiga autoconfiança derivada do conhecimento. Tudo parecia tão insignificante diante das piras funerárias e dos inquisidores. No fim, parecia que eles, como eu, eram os hereges, não os cátaros.

A trilha até o topo era íngreme. A falta de ar me fez experimentar um leve ataque de vertigem. A subida e a apreensão dos condenados me confrontavam, enquanto eu me agarrava a tufos de grama. Montségur se encontrava diante de mim, seus muros cinzentos como neblina.

Entrei pelo portão do lado Sul. No interior do pátio havia uma quantidade de moradias onde, de acordo com o meu guia, os defensores haviam se abrigado. O acesso à trincheira era feito através de uma passagem estreita, que escalei com dificuldade. Passei por um aposento no qual duas fendas em formato de flechas permitiam que o sol brilhasse, através de outras duas fendas na parede oposta, durante o solstício de verão. Quando parei na trincheira, percebi que a linha das muralhas desenhava uma estrela de cinco pontas, ou um pentagrama, um símbolo tanto do Bem como do Mal para os cátaros, posto que sua ponta superior refletia a luz e as duas pontas inferiores, Satã ou a escuridão. O antigo simbolismo continuava a se agarrar àquelas pedras como argamassa.

Contemplei os vales distantes. Eu me encontrava no topo do mundo, um montanhista solitário observando uma paisagem que pouco mudara desde aquele frio dia de março de 1244, quando os cátaros sitiados se prepararam para morrer.

A grande pira funerária na planície lá embaixo, agora uma ardente e abrasada pilha de madeira, sugeria uma reunião silenciosa de Perfeitas prontas para abandonar a eterna roda da vida à qual elas tinham sido condenadas.

Tomei do rolo e li:

"O fogo é a risada do sol, o brilho da escuridão futura. Usa sua energia como o fez Amedée de Jois quando deixou este mundo" — escreveu Esperte, uma Perfeita de Tignac.

"Poderia a Palavra de Deus silenciar em face de tal aflição? Ele escreveu um livro incompleto, que designa nossa morte porque nós escolhemos acreditar em Seu poder de não ouvir. *Ele* é a vítima, desde que Ele nos deixou à deriva por ousarmos questioná-Lo. A estaca é nosso refúgio, postilhão do sustento, árvore da vida à qual nos agarramos a fim de escapar da morte" — escreveu um diácono de Foix.

"Não receio a estaca, Marcabru, não eu! Podem trespassá-la em meu coração que não me importo, mas não renunciarei à minha fé. A crença é um campo fértil, ceifado pelo anjo da morte. A foice é a melhor arma da vida, pois sozinha pode cortar o que se atravessar em seu caminho" — escreveu Guillaume Fort, do Vilarejo de Varilhes.

Beatrice de Planissoles escreveu um pequeno poema:

"Ele, que disse que o ser é beleza
Conhecia a tarefa que ela havia se imposto
Submersa como estava na graça
Evitada pela mão da esperança."

"Para ti, Marcabru, o poema perfeito não passa do fulgor das brasas que já se extinguiram. O fogo do inquisidor não nos amedronta, pois nós também estamos comprometidos com a última palavra" — escreveu o trovador Arnaud Vital, defendendo a resistência cátara, em Ornolac.

"O esquecimento é o desejo do meu coração. Só então serei libertada da eterna roda da vida, que tanto atormenta a minha alma" — declarou Alazais, três dias antes de morrer através de um ato de *endura*, no vilarejo de Montgaillard.

"O tema do poema perfeito é a aniquilação" — escreveu uma voz anônima.

O poema, a pira funerária, a ruína — eram uma única coisa. Era difícil separar a palavra da chama de sua consumação. Naquela solitária montanha, os fantasmas estavam em todos os cantos, escalando trilhas, espiando através de fendas um mundo oblíquo. Eram os sitiados. A derrota fora sua pedra tumular na qual estava inscrita uma espécie de vitória.

Somente agora eu comecei de fato a entender o que motivara aquelas pessoas ao sacrifício de suas vidas. Eles, como

Marcabru, estavam ligados à perda, com a brilhante lâmina da separação. Naquele último gesto de desafio, eles expressaram tudo o que eram e queriam ser. Nada poderia substituir o sentimento de alívio que deve ter sobrevindo quando as chamas chegaram a seus tornozelos. Pela primeira vez em suas vidas eles estavam em chamas, uma tocha viva de fé. E não importava se eram hereges, porque, afinal, estavam livres. Tudo o que importava era o fogo, ao oferecerem a si próprios como o pavio de seus anseios.

24

EM CANIGOU

A ABADIA DE SAINT-MARTIN-DU-CANIGOU estava cravada em um pico de pedra elevado acima do vilarejo de Vernet-les-Bains, a uma certa distância de Montségur, na fronteira entre a Espanha e a França. Fundada no século XI, o mosteiro consistia em um número de blocos residenciais, um claustro e uma galeria que se elevava acima da ravina. Uma igreja mais baixa, dedicada a Nossa Senhora da Terra, formava a cripta da igreja de cima, com suas abóbadas em forma de barril e capitéis toscos, entalhados de maneira simples, dedicados a São Martinho. Alojada ao lado da igreja, havia uma torre crenulada, com seus sinos silenciados pela imponência do monte Canigou sobre o vale.

Levei quase uma hora para subir pela estrada estreita que levava à Abadia, no passado, um local popular de peregrinação para os camponeses catalães. Havia uma aparência rústica em torno do mosteiro, que mantinha sua devoção simples. A abadia não era um monumento à teologia ou o lar de manuscritos ilustrados a ouro. A calma reinava no claustro, uma sensação de tranqüilidade; eu podia facilmente imaginar Amedée de Jois vivendo ali, protegida por aquelas montanhas, meditando no ar gelado do inverno e isolada do mundo por tempestades de neve.

Não havia ninguém lá para receber-me quando entrei no claustro. Olhando para a ravina, eu podia divisar os vales escarpados que rodeavam a abadia, sabendo que os contemplava sob uma claridade já parcialmente obscurecida pelos Pireneus. Havia chegado a um riacho alimentado pelo degelo.

Uma freira aproximou-se, atravessando o pátio. Trajava um hábito negro, com asas brancas sobre o véu. Por volta dos cinqüenta e cinco anos, usava óculos sem armação e uma grande cruz no peito. A mulher saudou-me com um sorriso, as mãos estendidas como se estivesse a ponto de segurar as minhas. No último momento, reprimiu o gesto.

— *Monsieur* — começou —, Canigou saúda todos os peregrinos. Pretende ficar?

— Não era a minha intenção — respondi, surpreso com a sua oferta de hospitalidade.

— Não é sempre que temos visitantes do estrangeiro. No outono, os turistas já voltaram para casa, para ficarem perto do fogo. Sou a mestra-hospedeira. Minha tarefa é fazê-lo sentir-se confortável.

A freira guiou-me para uma sala num prédio ao lado do claustro. De minha janela, eu avistava o pico solitário do monte Canigou. O quarto era mobiliado com uma cama, uma escrivaninha, uma cadeira e uma imagem de Nossa Senhora na parede. A pedra gasta do chão irradiava prostração e reza. Todos os ocupantes anteriores daquele quarto pareciam estar ali, observando-me jogar a mochila sobre a cama.

— À noite esfria. Vou trazer-lhe cobertores extras — disse a mestra-hospedeira. — Presumo que o senhor tenha vindo falar com a Irmã Stephanie, a nossa venerável abadessa.

— Se ela puder conceder-me um momento — respondi, grato por uma desculpa para ficar.

— A abadessa Stephanie irá vê-lo após a ceia, em seus aposentos. Eu o levarei até lá.

Com uma ligeira reverência, a mulher saiu do quarto e desapareceu. Fui deixado a sós com meus pensamentos, o rolo da morte e um livro com poemas de Marcabru. Abri esse último ao acaso:

Galés sarracenas podem bloquear
Tripoli, cidadela de nossa esperança
E guardiã do *fin' amors*.
Ainda que nesses dias eu veja
Malícia na flor, uma insignificante
Floração, disfarçada de cortesia,
Que se vira e contorce como uma enguia
Em uma rede; nunca pense que eu,
Marcabru, não cantarei
A respeito de verdes prados e frutas
Pesando nos galhos.

Toda a alegria da palavra é nossa,
Dama, nós, abelhas à procura
De pólen, a doçura
Do amor que nos traz a alegria
E a tristeza quando nos separamos.
Durmo a teu lado, mas
Na distância eu reino,

Príncipe de Além-Mar
Pronto para ser teu cavaleiro
E tua inspiração.
Concede-me tua vida, e eu
Coloco meu coração a teu serviço.

Fechei o livro, repentinamente, consciente de que Amedée de Jois encontrava-se naquele quarto, ouvindo as palavras de seu *fin' amors* implorando a ela seu amor. Imaginei-a andando pelos corredores de Saint-Martin, envolvida pelo hábito, pensando em Marcabru mesmo quando pensava em Nosso Senhor. Esses dois amores eram a sua alegria e o seu fardo. E o poema era o talismã dele para evitar perdê-la. O além-mar pode ter sido o seu destino, mas o profundo poço espiritual dela fora seu lar.

Naquela noite eu assisti ao serviço na capela. Uma meia-dúzia de freiras se encontravam lá, mas percebi que a abadessa não estava presente. O serviço foi realizado em latim, sinal de que Saint-Martin continuava a seguir a antiga regra.

Mais tarde, ceei no refeitório com as freiras, uma refeição simples de legumes cozidos e vinho local. Os afrescos da parede, retratando a Santa Ceia, eram pintados no austero estilo catalão. Parecia que Horace Winterton também estava lá, discutindo a sua primazia na história da arte ocidental. Com certeza eles evocavam um rigor que não está mais presente nas maneiras atuais.

Depois da ceia, a mestra-hospedeira aproximou-se para perguntar-me se eu estava pronto para falar com a abadessa. Perguntei-lhe se ela estaria doente, ou cansada, já que não a vira na capela ou durante a ceia. Talvez desejasse adiar nossa conversa.

— De forma alguma — replicou a mestra-hospedeira. — Por causa da enfermidade, ela tem dificuldades em deixar o quarto. Isto não quer dizer que não esteja conosco em espírito.

— A abadessa Stephanie está doente?

— A idade, *monsieur*, é uma passagem pela montanha na qual ela não pretende tropeçar.

Segui a mestra-hospedeira até uma outra parte do mosteiro. Finalmente fui introduzido em um parlatório vazio, dividido por barras frouxas de madeira, populares em ordens monásticas fechadas. Do outro lado da sala, notei uma porta.

— Espere aqui — aconselhou-me a mestra-hospedeira. — Trarei a abadessa.

Enfim, a porta se abriu e a abadessa Stephanie entrou em uma cadeira de rodas. A mestra-hospedeira beijou-lhe a mão e se retirou, deixando-nos a olhar um para o outro através das barras de madeira. Juntos, parecíamos estar engaiolados.

Diante de mim estava uma mulher cujos frágeis membros sugeriam uma idade considerável. O nariz pontudo insinuava uma ascendência nobre. Suas faces eram macias, e os olhos não vacilavam. Agarradas aos braços da cadeira de rodas, suas mãos pareciam que tinham perdido o poder de fazer o sinal-da-cruz, mas que tinham ganho algo mais. Elas eram mãos de aceitação, reconciliação, e confiança. Os modos da abadessa Stephanie eram de alguém que fora além do sofrimento e que agora gozava de uma espécie de contentamento negado a outras pessoas.

— *Monsieur*, acredito que tenha vindo para perguntar sobre Amedée de Jois — começou a abadessa.

Surpreso, recusava-me a acreditar que ela pudesse ter lido meus pensamentos e que conhecesse minhas intenções.

— Os espíritos circulam, *monsieur*. Conhecem nossos pensamentos. Não foi por acaso que anunciaram a sua chegada. Nós o saudamos em nome de todas aquelas boas almas que aqui viveram no passado. A beatitude pode ser contagiosa, se permitir que as pedras de Saint-Martin respirem através do senhor.

Fiz um breve relato da razão da minha viagem a Saint-Martin, informando à abadessa sobre todas as pessoas que eu encontrara no caminho. Contei-lhe como estes contatos haviam me transformado e como eu gostaria de saber mais sobre Amedée de Jois. A abadessa Stephanie deixou-me terminar minha história antes de começar a responder.

— A memória da Irmã Amedée de Jois nos assombra — disse ela.

— Ela deve ter sido muito amada.

— Ela nasceu em uma família nobre de Castres. Sendo aquela uma cidade de tecelões, é compreensível que tenha entrado em contato com os cátaros na juventude. Sabe-se que seu pai, o conde Jacques, era solidário com a causa desse povo.

— Mesmo assim, ela fez os votos na religião católica em vez de acompanhar a família na heresia.

— Não é tão estranho assim! — replicou a abadessa Stephanie.

— Como ela conheceu Marcabru?

— Não sabemos nada a respeito de seu primeiro encontro, exceto que se conheceram antes de Irmã Amedée tomar o véu. A tradição nos conta que o poeta apareceu na corte de Castres depois de ter passado algum tempo na Espanha. Logo depois, o poeta declarou seu *fin' amors* à Amedée de Jois. A partir de então, sua poesia começou a refletir seu amor imorredouro por ela. Não se tratava de um amor comum.

— Marcabru não era um homem comum — disse eu.

— Juntos, vivendo seu amor único, finalmente amadureceram. Esta é a essência de suas vidas. É uma história que vai muito além da afeição normal entre pessoas.

— Por que, então, ela decidiu tomar sua própria vida?

— "Tomar", "dar", *monsieur*, implicam em atos realizados por vontade própria. Também insinuam o nosso desejo de fazer julgamentos. Não sabemos por que Irmã Amedée abandonou este mundo, ou se teria sido por sua própria vontade. Pode ser que, em vez de ter tomado a vida, esta tenha sido tomada.

— Penso que não estou acompanhando seu raciocínio, Reverenda.

— Quando tomamos o véu, nossa vida se torna ligada à Trindade, *monsieur*. O um representa a unidade, o divino amor de Deus. O dois representa a multiplicidade das coisas deste mundo. E o três representa o infinito, a possibilidade de termos conhecido o amor de Deus. A Trindade observa nosso sofrimento e nossas esperanças. Quando o corpo da Irmã Amedée foi encontrado no sopé da ravina abaixo do claustro, em uma manhã de 1196, todos concluíram que ela havia cometido suicídio. De que outra forma ela poderia ter chegado até lá? Um boato correu rapidamente pelo Languedoc de que ela teria morrido por um ato de *endura*.

— Sabemos que ela foi encontrada usando um cinturão cátaro.

— O cinturão pode ter sido o sinal de uma antiga lealdade, um presente da família que, por motivos pessoais, ela não tivera a coragem de abandonar. Quem pode saber os seus motivos? Todos nós carregamos o fardo de nosso passado. Memórias de uma perda, talvez um desapontamento, carregamos isso pela vida, um cinturão de sofrimento que nos fortalece. Não posso dizer se a Irmã Amedée tenha sido levada à heresia ou sentido a necessidade de manter as duas crenças.

— Como cátara e católica, seria isso possível?

— Tudo é possível, *monsieur* — replicou a abadessa Stephanie, as mãos envelhecidas crispadas nos braços da cadeira de rodas. — Pessoalmente, se me permite o privilégio, há muito tempo passei a aceitar que não existem limites para as diferentes maneiras pelas quais decidimos crer. Seu amigo Marcabru fez do poema seu ato de fé. Viajou até o fim do mundo à sua procura. Não fez a Irmã Amedée o mesmo que ele? Quando mencionei anteriormente de que maneira nós, que tomamos o véu, estamos ligadas à Trindade, esqueci-me de mencionar que, no caso da Irmã Amedée, ela conseguiu transformar a idéia de infinidade em excesso.

— Ela morreu por amar demais? — perguntei.

— Nós, freiras, *monsieur*, nos dedicamos ao amor de Deus. Não procuramos expressar amor de nenhuma outra forma. Tal amor pode ser perigoso, já que ordena que abandonemos todo contato com nossos corpos. Ao fazer isso, distanciamo-nos do amor que acontece entre um homem e uma mulher. É nossa escolha e nosso caminho. Não nos arrependemos, mas...

A voz da abadessa Stephanie desceu de tom.

— A senhora está sugerindo que Amedée de Jois foi vítima de um amor duplo? O amor por Deus e o de Marcabru?

— Não é impossível. O espírito e o poeta não são tão diferentes, afinal. Talvez tenha se apaixonado pelo espírito de Marcabru. Ele era o seu *fin' amors*. Tudo o que lhe peço, *monsieur*, é que não investigue a morte da Irmã Amedée muito de perto. Abstenha-se de analisá-la — como devo dizer — à maneira moderna. Posso lhe dizer que não havia marcas em seu corpo. Sua queda na ravina tinha mais a natureza de um vôo do que de uma verdadeira queda. Ela morreu de um amor que era inexprimível. Por algum tempo, naturalmente, o poeta tentou mantê-la viva com suas palavras, tentou trazê-la de volta à vida. Quando até isso falhou, ele deve ter sentido que sua própria morte era iminente.

— O poeta nunca abandona o destino da palavra. É a sua razão de ser — argumentei.

— Eu estava falando de como a palavra o liberta dele mesmo. Libertando-o de sua opressão.

— O que, presumo, só pode levar a uma espécie de silêncio — ao nascimento de uma quietude profunda, insondável.

— Se fosse um relicário, pressioná-lo-ia contra meus lábios — admitiu a abadessa Stephanie, os lábios trêmulos pela emoção raramente evocada.

O silêncio reinava sobre nós como se houvéssemos permitido que o espírito de Amedée de Jois entrasse no aposento. Ela estava lá, pairando acima de nós, um par de asas a tremer como as de um falcão antes de planar em direção a sua presa. Sua queda pela ravina fora a conclusão de um ato supremo de libertação, enquanto que, para Marcabru, ela se tornara o poema perfeito, um verso cujo significado ia além das palavras. Para mim, também, ela era a personificação de um novo tipo de auto-reconhecimento e uma compreensão do meu papel naquele drama. Pela primeira vez percebia que me aliara a algo que transcendia à expressão humana.

Este duplo amor de Amedée de Jois, sua paixão tanto pelo espírito quanto pelo poeta, era o início de uma revelação para mim. Sua morte assinalava um caminho entre a proximidade e a distância, entre assumir e ignorar, como se este fosse o único caminho a seguir. Havia chegado a um ponto onde a soma de minha vida pouco importava, em contraste com uma morte que era, ao mesmo tempo, íntima, onipresente e desconhecida.

A mestra-hospedeira entrou na sala, na ponta dos pés. Nesse meio tempo, a abadessa Stephanie adormecera em sua cadeira de rodas. O devaneio tornara-se o seu travesseiro.

— *Monsieur* — sussurrou a mestra-hospedeira —, estou certa que deixei cobertores suficientes em seu quarto.

— O frio não é minha maior preocupação — disse.

Atordoado, virei-me e andei em direção à porta. Mais além, o corredor era iluminado por uma lâmpada solitária.

25

A PONTE DE USSEL

EU HAVIA CHEGADO AO FIM da estrada. Mount Canigou agigantava-se. Não vá mais adiante, parecia dizer — o mistério que envolvia Amedée de Jois deve permanecer como está. O silêncio do poeta e a morte de uma mulher não devem, de qualquer modo, ser assim tão importantes. Mas eram. Investira muito de mim em suas vidas para não sentir agora que tinha algo a perder. De certo modo, haviam-se tornado parte de mim.

Eu poderia ser perdoado por pensar dessa maneira. Contemplando Mount Canigou, naquela manhã, os declives íngremes já salpicados pela neve prematura, comecei a perceber que sua solitária magnitude não era diferente da vida. Estivera muito ocupado tentando justificar a morte de Amedée de Jois para perceber que deveria haver um significado para aqueles que a conheceram. A abadessa Stephanie parecia pensar assim. Permitira que o mistério permanecesse tão forte como sempre o fora.

No caso de Amedée de Jois, bem que poderia ter sido assim. Sua natureza determinara que ela continuasse além da vida. Encontrara uma razão para morrer. Nunca imaginei que a razão para viver fosse encontrar uma justificativa para a morte. Acabar com a vida fora um ato de gratidão. Em vez de morrer para renascer em outro corpo, como sua herança cátara poderia sugerir, ela escolhera libertar-se desse constante círculo de sofrimento e tornar-se um presente para os outros.

Não é de se espantar que Marcabru tenha silenciado. Através dela descobrira sua verdadeira voz. Ela era o trovão e ele o seu raio. Absorvera a sua incandescência e a tornara parte de si mesma. A decisão dele em abandonar a poesia quando ela morreu, apenas acentuava sua perda. Como uma tempestade passageira, suas emoções foram privadas do poder de censurar sua época como fizera outrora. Marcabru tornara-se um morto vivo, habitando a morte dela com o seu silêncio.

A despeito do estranhamento anterior, minha solidariedade pelo homem continuava a mesma. O tempo não separava, nem a linguagem, nem o ritmo do poema. Afinal, ambos queríamos conferir ao mundo a qualidade que escapava à nossa rede de pensamentos. A perseguição do *fin' amors* como um valor capaz de transformar nossas vidas era comum a nós dois. Somente agora eu percebia o quanto Marcabru estava enraizado no mundo físico. Não tinha recorrido a ele na esperança de reconciliar-se com sua perda?

A conversa com a abadessa Stephanie lembrou-me que as motivações de uma pessoa nem sempre se encontram na superfície de seus atos. O que justifica a sua vida nem sempre é o óbvio. Aqueles que vivem intensamente, com freqüência confiam mais em uma dolorosa gestação da consciência do que em qualquer razão normal para agirem como agem. Para eles, pensar não é o bastante. Seu objetivo é traduzir suas vidas em algo com poder duradouro, a matéria básica da poesia.

"Deixe esses cisnes brancos voarem em seu socorro", ouvi, em pensamento a voz de Horace dirigindo-se a mim. "Sua perfeição revela mais do que as palavras dos filósofos."

Era uma voz que ordenava que eu voltasse para Ussel, para aquele lugar que marcava o final da jornada de Marcabru e o início da minha. Sabendo o que eu sabia agora, era hora de retornar e assim completar o círculo. Era, afinal de contas, o círculo do conhecimento.

O meu carro de dois cavalos de repente criou asas. Percorreu estradas secundárias, por colinas atravessou pontes, subiu montanhas, através de vilarejos adormecidos passou por castelos em ruínas e sob castanheiras. Seguiu rios, passou por ruas de paralelepípedos, parou em rotundas, estacionou do lado de fora de cafés e refrescou-se em pátios de hotéis. Parou em postos de gasolina, deu caronas, diminuiu a marcha em cruzamento de pedestres, esperou enquanto vacas marchavam pela estrada. E todo o tempo carregava, no banco do passageiro, um eco da viagem que Marcabru fizera, e da minha própria ao refazer suas pegadas.

Mais uma vez, a Aquitânia se desembaraçava diante de mim, um carretel de lembranças. Uma sensação de *déjà vu* entrelaçava-se em cada hora do dia. Redutos cátaros no topo das colinas, campanários em igrejas cobertas de entalhes religiosos, barbacães cheios de marcas de flechas, modilhões nas paredes sustentando urnas de flores, *jacquemarts* em torres de relógio batendo as horas, campanários sem sinos, rolos de pergaminhos folheados, pintados como folhas em frisos, painéis em forma de crucifixo entre a nave e o coro nas igrejas do interior, megalitos e dolmens em nascentes dos rios, cavernas, despenhadeiros e o duro silêncio das praças nas vilas — tudo isso tornava a viagem de volta a Ussel nostálgica para mim. A terra de Oc tornara-se um poema.

Senti um novo sentido de resolução enquanto dirigia, como se a jornada me tivesse feito realizar algo de importante para mim também. Eu havia seguido os passos de Marcabru através da Aquitânia com o objetivo de descobrir seus motivos. Os encontros imprevistos com várias pessoas e os lugares que visitei, tudo isso me ofereceu uma espécie de chave. Parecia que o silêncio do poeta se tornou mais imperioso na medida em que o rolo da morte continuava a aumentar. As palavras dos outros tornaram-se substitutas às dele próprio. Marcabru sacrificara qualquer tentativa de proteger alguma coisa da morte no ato de escrever.

Em algum ponto de sua jornada em direção ao Norte, o rolo da morte transformou-se em um fardo muito grande. O peso de carregar sua mensagem pela Aquitânia em direção a um destino desconhecido tornara-se, afinal, grande demais. É possível que ele tenha começado a entender que nem o poder das palavras poderia trazer Amedée de Jois de volta. Isso deve tê-lo oprimido, saber que a vida de sua amada estava ficando mais distante do que nunca, uma luz bruxuleante numa carruagem que parte.

Soprava um vento frio quando cheguei a Ussel, no final da tarde. Uma friagem que empalidecia os lábios e congelava o ar. As pessoas já usavam sobretudos. Entrei no mesmo hotel em que ficara anteriormente, na esperança de encontrar um quarto disponível. Tive sorte: a recepcionista me reconheceu imediatamente e ofereceu-me o mesmo quarto com vista para o rio.

— Tem uma carta para o senhor — disse ela.

— Quem saberia de minha intenção de voltar para Ussel? — observei, espantado com a coincidência.

— Um homem com uma gravata-borboleta bastante extravagante entregou-a em mãos.

— R.! Quem, além dele, antecipa todos os meus passos?

Subi as escadas para meu quarto. Colocando meus equipamentos de viagem em cima da cama, abri com o polegar o grosso envelope. Dentro, havia duas cartas. A caligrafia inconfundível de R. chamou minha atenção primeiro:

Meu amigo,

Que jornada extraordinária! Bem-vindo à casa! O mistério que envolve o rolo da morte de Marcabru provou ser tão sutil quanto os arcos que sustentam uma abóbada frisada. Eu o invejo pela paciência. Você construiu um edifício singular, que durará ao longo do tempo, tenho certeza.

Mas basta! O rolo da morte foi um bom companheiro. Levou-o a cada recanto e a cada fresta do pensamento medieval. Homem de sorte! Queria poder dizer que conheço os canteiros da Antigüidade da forma como você parece conhecer Marcabru e os da sua espécie.

O rolo da morte é uma trilha aberta através do bosque fechado da angústia. As pessoas simplesmente não sabem como reagir à morte, a não ser lançando mão de condolências piedosas. Estas, como se sabe, não se comparam à absoluta onipotência do vôo da alma. Ela deleita-se na distância que coloca entre si e a existência.

O que eu queria lhe dizer é o seguinte: o estudioso que tra-

duziu o rolo da morte piorou. Sua saúde declinou rapidamente depois que você partiu. Foi quase como se, ao lhe entregar o rolo da morte, ele tivesse consagrado sua vida a você. Morreu há uma semana, satisfeito com a sua idade, sussurrando algo sobre endura, *enquanto mergulhava na inconsciência.*

Mas isso foi depois que me pediu para entregar esta carta fechada a você. Pediu-me para que lha passasse sem abrir, afirmando que continha as passagens finais, que ainda não tinha traduzido quando lhe entregou o rolo da morte. Suas últimas palavras para mim foram: "Entregue isso a seu amigo. Diga-lhe que é a tradução de certas páginas que, temo, possam mudar o mundo." Disse que você entenderia.

Confio-lhe essas páginas em nome dele. Não foram muitas vezes em que me vi como um mensageiro divino dessa forma. Deixe-me assegurar-lhe que o estudioso acreditava que elas seriam pertinentes à sua pesquisa.

Quando retornar à Inglaterra, vamos tentar nos encontrar na nave central da Catedral de Salisbury. Sua elegância, tenho certeza, irá gerar pensamentos dignos da altura da cruz de seu transcepto.

Mais um vez, meu amigo, adieux.

Coloquei a carta de volta no envelope. A outra, deixei fechada em cima da escrivaninha. Imaginei por que o estudioso teria retido estas páginas até então. Saber que estava prestes a morrer deve tê-lo induzido com uma certa urgência a completar o trabalho de sua vida e passá-lo adiante. Se eram as últimas anotações do rolo da morte, quase não ousava lê-las. Em vez disso, lembrei-me das linhas do primeiro poema que lera no rolo da morte, tantas semanas atrás, escritas por Willemus. Suas palavras vieram-me aos lábios.

Toco a sua bainha, nela, frases são filigranas.
Existe mais na vida do que morte.

Poderia algum verso comparar-se à beleza dessas linhas como medida da admiração de uma pessoa pela outra? Finalmente tomei coragem para abrir o segundo envelope. Ler aquilo me fez ver como o estudioso tinha me legado uma elegia extremamente incisiva em homenagem à batalha de um homem com seu sonho de criar o poema perfeito.

É difícil conviver com o silêncio
Posto que o verdadeiro silêncio é a morte.
Eu viajei para a Palestina
E para a Espanha, eu, Marcabru,
À procura de um deserto
Capaz de conter quem eu sou.
Entre as pedras pérfidas
Vozes se escondiam, pequenos escorpiões
Deliciados e ansiosos para envenenar-me
Com o ferrão de suas palavras.

Rainha do meu coração, conceda-me
Ungüentos para sarar esta ferida:
Honorável no amor, uma espada
Na garganta da falsidade
Pronta para defender a Juventude, criança
Deste mundo e do próximo,
Campeã de gestos
Que me fazem anônimo,
Sim, um poço sem água.

Drenado de meu propósito
Tu me fizeste completo;
O grande poema que gastei
Em qualquer clima, agora pende
Em farrapos nos meus ombros.
Eu, Marcabru, espero nos altos desfiladeiros
Onde bandidos se escondem, prontos
Para roubar de mim velhas moedas
Cunhadas na fundição do sentido.

A morte é seu próprio néctar,
E o teu tem sabor da fruta madura.
Permaneço na ponte de Ussel
Lembrando o nosso amor, alimentado
Pela distância e o conhecimento
De que passado e futuro estão juntos.
Redime-me da solidão
E das frias mãos do tempo
Que apertam minha garganta.

Leva-me, um mendigo da vida
A serviço da poesia, da canção.
E da glória do *fin' amors*,
Em direção ao topo de uma
Montanha, na qual um caminho
Leva a outros retornos.
Seguro tua mão, um peregrino
Na estrada para a vitória
Mais pungente que o pensamento.

"Uma vitória mais pungente do que o pensamento", continuei lendo de novo e de novo. Aquela vitória, eu agora percebi, era a que eu esperava obter sobre a futilidade da expressão. Parecia que Marcabru tinha ouvido meu chamado. Ele tinha reconhecido em mim o desejo de ir para além da linguagem na minha tentativa de redigir o mais difícil de todos os temas: o da importância da restrição como princípio e complemento do discurso.

Ainda assim, Marcabru me dera aquilo: ele, o *orpailleur* da linguagem, o homem que carregara em seu baú do tesouro aquelas gemas que iriam fazer o poema perfeito, o tradutor de Pedras de Rosetta, o fabricante de marcas d'água, o armeiro da expressão, o descobridor de fraternidades, o crítico dos amores falsos, o pintor de ruínas, o observador de bolas de fogo, o protetor de nomes, o escultor de imagens sem rosto, o sonhador de lagartos, o amigo branco, poeta cortês, bardo, e o observador sagaz de cisnes.

Senti sua presença no quarto, poderosa ainda que remota. Era como se Marcabru tivesse deixado o rolo da morte a meus cuidados. Lá fora, a noite caíra com seu frio invernal, o rio lá embaixo salpicado pelas luzes das janelas do hotel. Juntos, Marcabru e eu, hibernávamos na lembrança, compatriotas da palavra. O rolo da morte era nosso elo. Ambos fomos reunidos por suas páginas e seu destino.

Coloquei meu casaco. Recolhendo o rolo da morte e o último poema de Marcabru, andei em direção à porta. Não havia outro lugar para ir senão para as ruas de Ussel. Virei a esquina e tomei a direção da ponte. As lâmpadas da rua brilhavam limpidamente. Diante de mim, o vão da ponte ligava cada margem como amarras de um navio recentemente atracado. Quantas gerações de homens haviam andado em suas bordas, ignorantes do que ocorrera naquele local?

Inclinei-me sobre a amurada e contemplei o rio. Estava

parado como gelo. Imaginei se já não teria congelado. Subitamente, soube o que Marcabru queria e por que eu tinha me envolvido naquele mistério. Claro! O rolo da morte era um poema escrito por homens e mulheres em celebração de suas falhas e limitações, suas vitórias e triunfos. Este era o seu tema, a contribuição à sua singular e eterna forma. Por alguma razão misteriosa, eu também fora chamado para tornar-me o guardião, assegurando assim para eles um lugar na história de sua perda.

Respirando fundo, debrucei-me sobre a amurada e joguei o rolo da morte no rio. Lentamente ele começou a afundar, um navio em seu ato final. Observei-o afastar-se no rio, girando sobre si mesmo, agitando-se, fazendo piruetas na correnteza. Boiou rio abaixo, as páginas se abrindo, uma floração de palavras. Acima, as luzes do hotel refletiam no que já era um texto semi-submerso. Finalmente, ele desapareceu na escuridão.

26

NA CATEDRAL

POR CONSEGUINTE, EU VOLTEI à Inglaterra para meu encontro com R., na nave da Catedral de Salisbury, em meio às esfinges de bispos e cavaleiros esculpidas em esplêndido mármore. Para esse encontro, eu também convidei Horace Winterton, implorando-lhe que renunciasse a seus cisnes e às águas adormecidas do Tâmisa.

— Pelo que você nos contou — pronunciou Horace —, não há um fim para este documento que você jogou fora.

— Eu senti que Marcabru não tinha o desejo de ver sua derrota exibida diante do mundo — expliquei.

— Ah, aquele rio de segredos — acrescentou R., ajeitando sua gravata-borboleta. — Sem ele, onde iríamos recuperar o que mais desejamos?

— Você não tem remorsos? — disse Horace, consciente do fardo de responsabilidade em meus ombros.

— Vamos, vamos — interpôs R. — Por mais arriscado

que tenha sido o seu gesto, o rolo da morte já tinha sido entregue às águas. Tudo o que nosso amigo fez, Horace, foi recapitular o ato final de Marcabru. Porém, nesse momento, o documento está sepultado.

— Foi apenas um impulso de minha parte, nada mais — defendi-me.

— Deixe-nos dizer que você estava agindo meramente nos melhores interesses do poeta. — Horace tentou aliviar minha ansiedade.

— Que alívio! — censurou R.

Ambos tinham razão. Era como se a Pedra de Rosetta e o rolo da morte de Marcabru estivessem depositados na mesma sedutora câmara. Juntos eles reinavam sobre o seu significado. Tudo o que fiz foi entrar em suas solidões e tocar o sino. Marcabru e Amedée de Jois repousavam lado a lado, duas esfinges no apogeu, sua lealdade agora sendo minha.

— Você avalia a tarefa que tem diante de si? — observou Horace.

— Como assim? — perguntou R., contemplando sua amada abóbada, tão pacificamente intrincada, acima de nós.

— Nosso amigo deve, de algum modo, sepultar o que o resto de nós, cada um à sua maneira, inadvertidamente libertou — acrescentou Horace.

— Por sua natureza, a perfeição é um assunto de extrema gravidade, eu concordo — respondeu R.

— Por esta razão, parece, Amedée de Jois não teve outra escolha senão a de *cair*.

A declaração de Horace possuía todas as marcas distintivas de sua mente aguçada. Somente ele poderia reconhecer que gravidade e perfeição não eram opostas. Amedée de Jois foi posta para baixo por seu desejo de dar um passo além dela mesma, e nem mesmo a tentativa de Marcabru de capturá-la em um poema poderia evitar sua queda.

— Sei qual é a minha tarefa — disse eu.

— Ah, então nos conte. — R. enlaçou meu braço enquanto nós quatro continuávamos a andar em torno do nártex da catedral. Fios de luz vindos das janelas no alto misturavam-se a nossos passos.

— Bem-vindo à Fraternidade — acrescentou Horace, lembrando-nos da vigília solitária de *M.* de Langue em Carcassonne.

— Deixem-me dizer que eu fiquei bastante surpreendido por minha recente experiência — comecei. Seguir um poeta não é como caçar patos. Seus caprichos e artimanhas lembram-me o comportamento de certos animais que têm prazer em enganar o caçador. Estou falando dos pumas. De mais a mais, sua fidelidade ao estilo "fechado" em relação à expressão, lembra-me a toca do ornitorrinco, cuja entrada fica debaixo d'água. Esta curiosa criatura só aparece para nós quando submersa.

— Como Marcabru, imerso em seus poemas — disse Horace.

— Agora eu sei o que ele significa para mim — continuei. — Suas pegadas através da Aquitânia têm algo de incomensurável. Ele procurava um remédio para seu sofrimento pedindo para todos aqueles que encontrava que dividissem com ele seu destino. Com o tempo, uma nova visão da mulher que amava lhe foi revelada. A natureza dela tornou-se um objeto cuidadosamente construído, de modo artesanal. Finalmente, a mulher que ele conhecera outrora, desapareceu sob um pergaminho cheio de palavras e, em seu lugar, surgiu uma nova pessoa. Era mais do que ele poderia suportar.

— Ele teria se ressentido com ela? — R. estava incrédulo.

— Marcabru passou a perceber que a havia aprisionado na linguagem. Ela, que era a vítima, também passou a ser a carcereira dele. Seu desejo de acabar com a vida ao mesmo tempo fascinava-o e o repelia. No princípio, o significado daquele ato iludiu-o — ele, o príncipe da expressão. Então ele viu que abandonando o argumento em favor da ação, Amedée de Jois estava apenas alertando-o para o que faltava a ele próprio.

— O que diabos poderia ser? — perguntou Horace, permitindo que sua mão tocasse na efígie de uma tumba enquanto passávamos.

— Sua humanidade — respondi.

Meus amigos pararam de caminhar. Sem dizer uma palavra, olharam para mim e, então, um para o outro. Eu podia ver o que estavam pensando. Estaria eu condenando o objeto de minha obsessão? E mais importante ainda, estaria traindo Marcabru no momento em que ele mais precisava de mim?

— Você mencionou seu encontro com a Pedra de Rosetta — observou Horace, esperando mudar de assunto, já que este caminhava para águas turbulentas.

— Todas essas tentativas de esclarecer o que queremos dizer — argumentei, lembrando o comprometimento de toda a vida de Champollion com as linguagens extintas — foram o que finalmente arruinaram Marcabru. Ele ansiava por experimentar a vida com a mesma intensidade com a qual a expressava. Não queria se ver reduzido a algumas inscrições indecifráveis gravadas em um bloco de basalto. Não. Ele sabia que, se devesse escolher entre a linguagem e a vida, então não teria outra alternativa a não ser escolher a última.

— Então ele jogou o rolo da morte no rio como um gesto de censura a si mesmo — observou R.

— Com a sutileza de uma lança — acrescentou Horace.

Era isto, estava dito. Marcabru, finalmente, abandonara o amor impossível em favor da vida. Sua humanidade dependia disso. O que quer que os cátaros tinham significado, não representaram a exuberância que o atraíra. O que quer que Amedée de Jois representasse, não poderia representar o poder que o levava a se expressar. *Endura* não era o ato de libertação da alma da prisão do corpo, tanto quanto sancionar o medo da vida.

— Eu o saúdo, meu amigo — anunciou R. soltando meu braço. — Poucos de nós conseguem penetrar em uma época tão trágica como você o fez, e voltar ileso.

— Oh, mas eu não saí ileso — repliquei.

Horace parou de andar em direção da entrada da Catedral. Ele se voltou para mim.

— Espero que não esteja com cicatrizes ou doente, afinal de contas — ele disse.

Sacudi a cabeça. Ao mesmo tempo, soube o que precisava fazer: renovar a consciência através de um longo ato de meditação e de coragem. Tinha de me aproximar do vulto gigantesco da vida mais uma vez, como Marcabru fizera antes de mim, e tecê-lo em um pedaço de pano cuja estampa refletisse toda a discordância do nosso tempo. O coração, afinal, deve ser provido de uma nova válvula de escape, na qual a necessidade e a liberdade possam se integrar. Só então, eu faria justiça à memória de Marcabru e à sua tentativa de impedir a queda de Amedée de Jois no anonimato.

— A recuperação não depende de estarmos ou não doentes — disse eu, enquanto deixávamos a Catedral e caminhávamos para a luz suave do sol.

Este livro foi composto na Editora Rocco Ltda.
e impresso na Editora JPA Ltda.
Av. Brasil, 10.600 – Penha – Rio de Janeiro – RJ
para a Editora Rocco Ltda.